Éditions Du Zebrycorne

Graalgard 3

La Malédiction de Zazel

et 4 autres récits fantastiques

Magazine Fantastique

décembre — 2024

© 2024 Éditions du Zebrycorne
Chaussée de Valenciennes 137
7801 Irchonwelz — Belgique

Illustration de couverture : IA
ISBN : 978-2-931210-46-8

Dépôt légal : décembre 2024
D/2024/15459/11

1

Graalgard, bientôt en JDR ?

Ça faisait longtemps… très longtemps et même trop longtemps que ce troisième numéro de Graalgard tardait à sortir. Au point que moi-même j'ai commencé à douter.

Travailler seul sur un tel projet (plus une maison d'édition et des projets d'écriture) peut être enthousiasmant les premiers jours, mais ça devient rapidement un calvaire lorsqu'il faut tout faire en même temps, gérer les projets en cours, répondre aux nouvelles demandes et assurer un minimum de promotion. Du coup, l'idée de travailler sur un JdR « Graalgard » est une gageure absolue… pour ne pas dire de la folie douce.

Mais c'est justement ce grain de folie qui m'a inspiré « Les Éditions du Zébrycorne », et tous les projets qui lui sont associés. Le magazine Graalgard existe grâce à l'univers de Graalgard (celui du « Danseur au javelot »), et cet univers est inséparable du jeu de rôle qui a servi de cadre à mes premières créations littéraires.

Donc… le projet « Graalgard-d20 » est sur les rails, les règles reposent sur le SRD de D&D-3e édition avec un énorme changement puisque les « classes » des personnages sont remplacées par des carrières dont il faut acheter les compétences avec l'expérience avant de passer à la carrière suivante, ou au niveau supérieur de la même carrière. Les règles seront disponibles gratuitement en pdf et au format papier pour une somme raisonnable… Restez donc aux aguets.

Sommaire :

La Malédiction de Zazel (Alexandre Sacré) 7

Le danseur au javelot (partie 3)
Les trois nations (Vendarion d'Orépée) 23

Amator le Sorcier – La Viole de Ventre (Constantin Louvain) 34

Succession Magique (Jules Edmond-Abel) 46

Guère épais (Gregory Covin) 58

Publicité :

½ page intérieur noir et blanc (+1 exemplaire pdf) ....10 €
1 page intérieur noir et blanc (+1 exemplaire papier) ....20 €
½ page verso couleur (+1 exemplaire papier) ....30 €
pleine page verso couleur (+2 exemplaires papier) ....40 €

contact : editions-du-zebrycorne@gmx.fr

Tous les auteurs et annonceurs peuvent en outre acheter les exemplaires du magazine et les vendre dans leur propre réseau au prix de 3,5 € par numéro (+ frais de port), ce prix inclut la rémunération des auteurs.

La Malédiction de Zazel

Alexandre Sacré

Devant la façade décrépie, les badauds s'agglutinaient. Les pieds dans la rue boueuse, ignorants de la bruine qui gonflait des perles humides sur leurs vêtements délavés, ils se massaient les uns aux autres, avares de démêler les causes du malheur qui venait de s'abattre. De fugaces regards empreints d'effroi s'échangeaient lorsqu'un tel s'exprimait plus fort que son voisin, et des sanglots étouffés s'élevaient parfois au-dessus du brouhaha des intarissables messes basses. À leur mine d'épouvante qui peignait un teint blafard sur leurs visages, Phil sut qu'il allait au-devant d'un danger nouveau.

Flanqué de son acolyte, le soldat approcha de l'édifice. D'une voix assurée et pleine d'autorité, il invita chacun des curieux à s'écarter et à reprendre ses activités routinières loin de ce lieu de désolation. Puis ils entrèrent.

À l'intérieur, un calme sépulcral régnait. La bâtisse avait appartenu à un orfèvre de la cité, un artisan réputé pour sa rigueur et qui, mis à part quelques retards occasionnels dans le paiement de ses dettes, arborait le parfait apanage de la droiture. Néanmoins, ce parangon de probité se trouvait présentement ratatiné dans un coin de sa boutique, les chausses trempant dans une mare de son propre sang, avec un trou béant dans la poitrine ; ce qui soulevait de nouvelles questions quant à la transparence de ses affaires.

Phil vint s'accroupir et examina la blessure. La cage thoracique avait cédé sous la violence singulière du coup, brisant des côtes qui pointaient désormais telles de morbides griffes silencieuses. De multiples mouches effectuaient des rondes autour de ce cratère de chair. Elles s'y arrêtaient pour pondre des œufs qui germeraient bientôt en un macabre banquet mortuaire. Tandis que juste au-dessus, le visage de la victime restait figé en un saisissant rictus de peur, qui, s'il n'avait été accueilli par d'autres que deux mercenaires d'élite tristement coutumiers de ce genre d'exhibition, aurait suscité un glacial frisson d'angoisse.

— Visiblement quelqu'un devait lui en vouloir, murmura Phil.

Derrière lui, son acolyte se racla la gorge. Il maugréa un juron dans sa barbe avant de cracher pour conjurer le sort.

— Et pas qu'un peu, grinça ce dernier. Faut un sacré coup pour creuser un trou pareil.

— Qu'est-ce que t'en penses, Ed ?

— J'ai déjà vu des trucs comme ça sur le champ de bataille, dit-il sinistre. À part tomber d'une falaise sur un gros rocher, y'a que les masses d'armes pour faire ça.

— Pas vraiment le genre d'équipement que l'on voit traîner dans le quartier, convint Phil avant de se redresser.

D'un accord tacite, les deux soldats se détournèrent du cadavre pour fouiller plus en détail le reste de la boutique. Phil éplucha les reçus de ventes ainsi que ceux rédigés par les fournisseurs de l'artisan, avant de s'épancher sur les diverses correspondances qu'il pouvait entretenir. Mais là encore, rien ne semblait indiquer que quiconque pouvait lui porter de griefs, encore moins le menacer d'intenter à ses jours.

Ce fut la voix d'Ed qui le sortit de sa lecture. Et à la tonalité sombre de l'acolyte, il comprit que l'affaire venait de se compliquer.

— Phil, répéta l'autre en tirant le rideau menant à l'arrière-boutique. Il faut que tu voies ça.

Si le cadavre de l'orfèvre détenait de quoi soulever le cœur, le spectacle qui attendait les mercenaires dans la pièce attenante éveilla en eux un nouveau monde d'horreur. Sentant un frissonnement lui parcourir l'échine, Phil se remémora l'effroi dans le regard des badauds qui hantaient la rue. Alors que de ses yeux écarquillés il contemplait la terrible scène, il leur donna aussitôt raison.

Allongé sur un établi en hêtre massif, le corps d'un jeune apprenti gisait sans vie. Pieds pendant dans le vide et le torse cloué au meuble par un tisonnier de fer forgé, ce n'était hélas guère cette arme de fortune qui lui avait infligé la mort. Car d'après les nombreuses trainées sanglantes et les vestiges de cerveau qui s'étaient répandus tout autour, le malheureux avait péri le crâne broyé à l'intérieur du solide l'étau de l'établi. Son moignon de tête comprimé en une horrible masse informe et dégoulinante se trouvait toujours fermement pressé entre les deux mâchoires du mécanisme.

Non loin, sur une table à manger, gisaient cette fois les restes d'une jeune fille. Pas encore en âge de se métamorphoser par le printemps de l'existence, l'enfant reposait la tête dans un repas inachevé, son regard vitreux tourné vers les deux hommes dont le sang se glaçait dans leurs veines à mesure qu'ils la détaillaient. L'épouvante de son cas à elle se concentrait dans son dos. Car au travers des vêtements tricotés qu'elle portait, saillaient les arêtes aiguisées de ses vertèbres. Exactement, comme si un outil des enfers avait raclé son rachis pour l'y nettoyer des chairs qui l'encombraient. L'affreuse et incompréhensible griffure partait des lombaires et crevassait jusqu'aux cervicales en une funeste ornière.

Devant l'horreur silencieuse de la scène, les mercenaires restèrent pétrifiés.

— Des règlements de comptes, j'en ai vu dans ma vie, grinça alors Ed. Mais ça…

Cette remarque fit écho aux propres pensées de Phil. Il demeurait dans ces actes barbares une sauvagerie insolite et révoltante qui relayait les précédentes expériences de meurtre au rang d'anecdotiques anicroches. Certaines blessures trahissaient davantage de par leur brutalité les agissements d'une bête que ceux d'un homme. Cependant, il en émanait aussi une logique scélérate que seul un esprit atrocement retors et pervers pouvait invoquer. Les deux militaires le savaient, et c'était bien ce qui les effrayait.

Ils prirent sur eux et se remirent en mouvement pour investiguer la pièce. Aucun désordre apparent ne permettait d'affirmer la présence de lutte, ce qui pouvait indiquer que les victimes avaient été attaquées par surprise, et soulevait la question du nombre de responsables. Un tueur seul pouvait-il vraiment s'abattre ainsi sur trois malheureux et les massacrer sans susciter de conflit ?

Phil suspendit ces réflexions lorsqu'il remarqua un objet coincé entre l'établi et le mur de l'arrière-boutique. Prenant soin de contourner le cadavre du jeune homme en se retenant d'inspirer les miasmes de décomposition qui commençaient à en émaner, il tendit une main pour le récupérer. Ses doigts se refermèrent sur un manche de bois alourdi par une masse de métal à l'extrémité. Il ne s'agissait guère du marteau d'un orfèvre, mais plutôt du maillet grossier d'un tailleur de pierre. Maculée de sang et des résidus de viscères broyés, la tête de l'outil avait définitivement servi à tuer. Phil sentit un relief inhabituel sous ses doigts et constata, en retournant l'objet, qu'une gravure ornait le manche. « Manivel » disait l'inscription silencieuse. Comprenant qu'ils ne trouveraient guère de meilleurs indices en l'état, les deux mercenaires quittèrent la boutique.

À l'extérieur, la lumière du jour et le chant des oiseaux les accueillirent comme un bain de vie. Malgré les nuages grisonnants masquant l'astre majeur, ils sentirent une chaleur salvatrice leur emplir le cœur et les ténèbres glaciales lentement refouler. Aucun des deux ne parvenait à se défaire de l'étrange sensation qui venait de les habiter. Comme un voile invisible collant à la peau, une adhésive crispation qui les avait tenus. À mesure qu'ils remontaient la ruelle, ils retrouvèrent peu à peu leurs esprits, même s'il leur demeurait impossible d'oublier l'horrible tableau de ces trois corps violemment mutilés.

* * *

Les deux hommes en mission patientèrent jusqu'au soir. Ils furent installés dans un salon privé et, accompagnés de quelques boissons et pâtisseries locales, attendirent calmement que l'administrateur du comté leur accorde une audience.

Dans son fauteuil, Phil concentrait ses réflexions sur les éléments factuels de l'enquête ; comparant cela avec ses expériences passées dans l'espoir de reconnaitre un schéma qui l'aiderait à catégoriser le, la ou les responsables des homicides. Depuis son enrôlement dans l'unité Sanctuaire, il avait négocié des ententes avec des nobles séditieux, avait démantelé des réseaux criminelles, porté des messages sensibles à des interlocuteurs qui ne voulaient pas les entendre, et bien sûr il avait déjà traqué des assassins en cavale au travers du duché. Ed et lui appartenaient à un contingent d'opérants triés sur le volet, une élite redoutable spécialisée dans les tâches délicates et critiques. En ces jours sombres, Sa Grâce le duc Ernoillo Garner les avait envoyés dans le comté de Zazel, duquel il recevait depuis peu de nombreux courriers déplorant une série d'assassinats frénétiques. Phil avait accepté sans poser de question, certain qu'il s'agissait d'une énième rivalité entre commerçants, des manigances d'une bande locale, ou des errements d'un désespéré que la misère poussait si souvent à de dramatiques extrémités. Mais maintenant que les images des victimes refusaient de quitter son esprit, un voile obscur masquait sa raison et distillait un doute de plus en plus tenace.

Il scruta Ed pour constater que le briscard s'avérait tout aussi perturbé. Ce militaire aguerri à l'œil sévère avait pourtant le cœur bien accroché. Phil l'avait vu arracher des ongles comme on cueillait des cerises, et éventrer des criminels sans s'émouvoir le moins du monde. Ce solide gaillard constituait ce qui se faisait de mieux en matière d'antagoniste aux hordes de barbares qui sévissaient proche de la frontière sud. Dans un passé pas si lointain, Ed avait pourfendu son content de sauvages et triomphé là où beaucoup avaient péri. S'illustrant par ses nombreux faits d'armes, il avait été promu lieutenant et invité à rejoindre la Garde Royale, bien loin du tumulte de la frontière. Ce calme relatif lui avait permis de trouver femme et foyer, occasionnant la naissance de deux enfants. Pierre, l'aîné, n'avait hélas pas atteint son cinquième anniversaire et était décédé des suites d'une fièvre. Mais la petite Poe avait grandi en santé et fait le bonheur de ses deux parents, instillant une douceur nouvelle dans le cœur du militaire. Puis un drame était survenu. Lors d'une tempête d'hiver particulièrement véhémente, tandis qu'Ed montrait à sa fille comment rentrer les chevaux, un coup de tonnerre était tombé tout proche. Sous la violence du détonement, la monture s'était libérée de ses entraves et ruée hors de l'écurie, percutant sur son passage la petite qui était morte sur le coup.

L'épouse d'Ed ne lui avait jamais pardonné, pas plus que lui-même. Après leur séparation il s'était emmuré dans cette figure taciturne à l'expression maussade qui ne le quittait guère. Et jamais plus Phil ne l'avait vu sourire. Même lorsqu'ensemble ils s'enivraient en compagnie des autres mercenaires, même lorsque les tapineuses usaient de leurs charmes pour le dérider, en aucune circonstance quiconque parvenait à décrocher à Ed ne serait-ce qu'une timide risette.

Phil le connaissait bien. Il se doutait que la vue de la petite mutilée dans l'arrière-boutique avait ravivé quelque fantôme. À chaque fois que leurs missions les amenaient sur le chemin de tueurs d'enfants, la même expression ténébreuse revenait s'inscrire sur son visage. Ed n'aurait pas la paix tant que le meurtrier ne se balancerait pas au bout d'une corde. En cela, leur commanditaire pouvait se féliciter de les avoir choisis.

Les deux battants du salon s'ouvrirent alors. Un domestique s'imposa et introduisit le comte et régent de la localité avec formalisme. Ce dernier, affichant la contrariété des gens accablés d'une myriade de tâches toutes plus pénibles les unes que les autres, le congédia sans ménagement, avant de refermer lui-même les portes.

— Pardonnez cette attente, messieurs, dit-il après un soupir. Vous êtes bien les agents du sieur Arnoscar, c'est bien cela ?

— Tout à fait, seigneur, répondit Phil en le saluant comme le voulait l'étiquette. Phillip Sard et mon associé Edgar Rousset. Nous sommes là pour vous assister dans cette lugubre affaire.

— Vous avez rencontré mon sénéchal à ce que j'ai entendu.

— Il nous a brièvement présenté les choses, avant de nous conduire devant la boutique de l'orfèvre.

— J'imagine que vous détenez déjà une bonne idée du malheur qui pèse sur nous.

Après un rapide échange de regards, les mercenaires acquiescèrent.

— Je vais donc aller droit au but, messieurs. Cela fait plusieurs semaines que le responsable de ces odieux crimes perpètre des atrocités dans ma cité. Zazel n'a certes pas connu que des jours paisibles, mais jamais elle n'a souffert de tels sévices. Mes hommes essaient de débusquer le tueur depuis des mois, et cet égorgeur parvient toujours à nous échapper. Lorsqu'il agissait près du ruisseau et autour de Cabane, nous suspections des voyous un peu trop zélés. Mais maintenant que les honnêtes citoyens du quartier des artisans se font à leur tour écorcher, la tension monte et c'est toute la cité qui se sent menacée.

— Naturellement, admit Phil en croisant les bras sur son armure. Tant que les miséreux s'étripent entre eux, on laisse le vent souffler, mais lorsque les plus aisés craignent à leur tour d'être réveillés par un dérangé de l'acier, alors on commence à se prémunir de la tempête.

Le comte ne parut guère apprécier cette remarque. Fronçant les sourcils tout en mesurant de ses yeux plissés le mercenaire, il conserva un instant le silence.

— Nous savons que l'assassin sévit à la tombée de la nuit, poursuivit-il, pénétrant chez ses victimes sans effractions et agissant en... eh bien disons, avec la violence que vous lui connaissez désormais.

— Qu'en est-il des témoignages ? questionna Phil. D'après la proximité du voisinage, et l'agencement dense des quartiers populaires, les témoins devraient se bousculer à vos portes.

— C'est le souci, soupira le comte en se massant l'arête du nez. Il n'y a jamais aucun témoin. Le tueur frappe tel un serpent, aussi discret que la nuit dans laquelle il se faufile pour commettre ses méfaits. Personne n'entend de cris, personne ne voit de silhouettes mal intentionnées fureter dans la rue. Les seuls qui nous rapportent les incidents sont ceux qui découvrent les victimes. Concernant les témoins, il semble tout simplement qu'ils n'existent pas.

— Ou bien alors ils craignent de venir se confier, ajouta le mercenaire.

Le comte le toisa d'un œil mauvais.

— Je n'aime pas beaucoup votre ton, soldat, rétorqua-t-il en insistant sur le grade militaire. L'urgence de la situation m'invite à vous concéder certaines familiarités, mais n'oubliez pas non plus à qui vous vous adressez.

— Pardonnez mes manières, monseigneur, mais si Sa Grâce Ernoillo Garner m'envoie, ce n'est guère pour ma conduite obséquieuse.

— On vous a envoyé ici, car je vous ai fait demander. Car vous êtes le plus fin limier du duché.

— Assurément, monseigneur. Et en cette qualité je me dois de faire preuve de pragmatisme. Nous avons à ce sujet plusieurs questions à vous poser.

— Vous les poserez à mon sénéchal, coupa le comte, avant de reprendre plus gravement. Écoutez-moi bien, je me moque de comment vous vous y prenez, mais vous devez comprendre que cela doit cesser au plus vite. La terreur qui se répand dans les rues est plus dangereuse encore que l'assassin lui-même. Elle alimente les ferveurs d'un culte local, les Fidèles de Lo, qui gangrenait déjà la cité avant ma nomination à la tête de ce comté. Les disciples de cette maudite secte voient en ces crimes les signes de l'avènement d'une prophétie aussi dérangeante que néfaste pour toute la communauté. Vous devez stopper ce fou furieux avant que la situation ne devienne incontrôlable, est-ce clair ?

— Nous n'avons jamais eu d'autres intentions.

— Encore une chose. Il me le faut vivant.

— S'il se montre coopératif, nous vous le ramènerons en l'état.

— Non, j'insiste vraiment sur ce point, ajouta le comte en dissimulant habilement le malaise qui l'habitait. Ne le tuez surtout pas. Je veux que vous le capturiez et le rameniez ici. Je veux des aveux publics sur la place des Grains, un procès en bonne et due forme. Je veux porter un coup fort aux adeptes du culte. Ensuite, je ferais enfermer ce malade dans une boîte et l'enverrai le plus loin possible d'ici.

— Quoi ? s'étonna Edgar. Pas la hache d'un bourreau ni la corde ?

— Faites ce que je vous demande, messieurs, trancha le comte de nouveau autoritaire. Et vous serez grassement récompensés.

Sans autre forme de procès, ce dernier prit congé, abandonnant les deux mercenaires à divers questionnements destinés à demeurer sans réponses. Le sénéchal revint peu de temps après et les renseigna au maximum sur les éléments en sa possession : date et lieu des assassinats, identités et professions des victimes ainsi que tout indice susceptible d'aider les deux limiers à constituer un mobile. Hélas, comme ils le comprirent rapidement, mis à part l'horreur systématique des sévices portés aux malheureux qui tombaient sous le joug du meurtrier, aucun schéma ni logique particulière ne semblait relier les événements. Les deux hommes remercièrent donc le sénéchal et quittèrent l'édifice seigneurial.

Au milieu de la rue, sous un ciel crépusculaire rendant la marche propice à la méditation, les militaires se repassèrent la discussion.

— Il ne nous dit pas tout, lâcha Phil. Pas d'exécution publique, pour un assassin de cette trempe ? C'est louche. Pourquoi vouloir l'envoyer loin, alors qu'il détient toutes les raisons d'engager des spadassins pour le trucider proprement ?

— Tu penses que le comte le connaît, pas vrai ? Qu'il s'agit d'un de ses proches, et qu'il veut traiter l'affaire en douceur.

— Ça y ressemble. Et en même temps quelque chose ne tourne pas rond.

Edgar se racla à nouveau la gorge et éjecta un crachat dans la rue boueuse.

— Moi c'est cette histoire de secte qui me titille. M'est avis que le comte soupçonne que le tueur soit l'un de leurs protégés, et qu'il a peur de les confronter directement. D'où notre présence.

— Il a surtout peur que le gros de la populace commence à douter de sa capacité à régler les problèmes. Si l'assassin se met à frapper impunément chez les nantis, va pas falloir longtemps avant qu'une révolte éclate et qu'on le destitue.

— Il ne faut pas que l'on tarde à agir dans ce cas, rendit Ed de sa tonalité sinistre.

Phil conserva le silence, lâchant de nouveau la bride à ses intenses réflexions. En un rien de temps chez l'orfèvre, ils avaient trouvé un indice prometteur. Et d'un autre côté, le comte vantait l'art de maître du tueur en dissimulation. Puis il y avait cette histoire de témoins inexistants. Compte tenu des cris que devaient proférer les victimes lorsque l'assassin déroulait sur eux son effrayant savoir-faire, l'absence d'oreilles pour les recueillir constituait une hypothèse rien de moins qu'improbable.

— Alors on fait quoi ? Intervint Ed. On va fureter dans le coin des tailleurs de pierre pour voir à qui appartient ce marteau ?

Phil réajusta son baudrier d'épée et roula des épaules.

— D'abord on va jeter une oreille là où convergent toutes les rumeurs et tous les commérages des honnêtes gens.

— Ah, parfait, renvoya l'autre après un grognement appréciateur. Je mourrais d'envie de boire un coup.

* * *

Phil revint s'asseoir dans l'angle de la pièce. Il tendit une nouvelle chope à son acolyte et, tout en percevant sur lui des regards qui se voulaient discrets, but la boisson. Ni lui ni Ed n'étaient parvenus à glaner une information utile. S'ils pouvaient se montrer loquaces, les clients de la taverne perdaient toute leur faconde à la vue des uniformes militaires qu'arboraient les investigateurs. Leurs yeux

13

devenaient fuyants et leur parole d'une ennuyante banalité. Il arrivait que les armures de plaques ornées du symbole des Sanctuaire suscitassent une certaine gêne, surtout lorsqu'elles s'accompagnaient des baudriers lestés d'acier qu'affichaient sans contraintes les soldats. Néanmoins, une fois leur présence expliquée, les interlocuteurs, comprenant leur intérêt d'assister les visiteurs, finissaient par se confier. Or en cette soirée, aucun ne se risqua à desserrer les mâchoires. Et à la moindre évocation des curieux assassinats, ils s'éloignaient tous en conjurant le mauvais sort. Ce qui en soi représentait déjà un aveu.

À mesure que la nuit progressait, Ed et Phil tentèrent de délier les langues avec le secours de l'alcool, puis celui plus inspirant de l'or. Toutefois même la vue des disques dorés ne suffisait à provoquer davantage que quelques insignifiants bavardages. Alors un trio d'hommes vint à leur rencontre. Vêtus de foulards et de pardessus dissimulant sans doute un équipement de combat, ils furent les premiers à venir s'adresser d'eux-mêmes aux visiteurs. Et l'amabilité de l'échange n'eut rien à envier à celle d'une grille de cimetière. Les mercenaires n'étaient pas les bienvenus. L'on dénonçait leur curiosité, l'on remettait en cause leur légitimité et bien sûr on les invitait à reprendre la route en des termes d'une cordialité très relative. Tandis qu'Ed gonflait le torse et renvoyait leur déférence aux trois plaignants, Phil les observa attentivement.

Il avisa leurs pupilles dilatées, sans doute les conséquences de la consommation d'un narcotique local. Puis, il vit des marques étrangement similaires sur leurs avant-bras ; sorte de scarifications rituelles communes. Autour du cou de l'individu du milieu pendait un médaillon figurant un sinistre symbole sculpté dans un bois sombre, et incrusté d'une pierre ténébreuse. Cela ajouté aux habits identiques qu'ils portaient et à leur élocution dogmatique, Phil les soupçonna d'appartenir à ce culte mentionné par le comte ; les Fidèles de Lo.

Il s'interposa avant que la situation s'envenimât. Une main sur l'épaule de son robuste acolyte, il annonça qu'ils se retiraient, sans pour autant affirmer qu'ils stoppaient l'enquête. Missionnés par le régent de tout le duché, ils étaient tenus de remplir la tâche qui leur incombait. Avec ou sans l'assistance des citoyens qu'ils avaient la charge de protéger.

Dehors la fraicheur nocturne les cueillit. Une lune gibbeuse dansait avec les nuages et baignait la voute céleste d'une lueur fuligineuse. Tandis que les mercenaires s'éloignaient en direction de l'auberge où ils résidaient, Phil sentait Ed se raidir. Les années d'expérience précédèrent l'analyse de son intellect. Derrière, quelqu'un les suivait. Il conserva son calme.

Tous deux bifurquèrent à l'angle d'une échoppe de couturier et continuèrent sans modifier leur cadence. Les cultistes n'en avaient visiblement pas terminé avec eux, à moins qu'il ne s'agît d'un coupe-jarret audacieux, ou d'un rabatteur de bande. Peut-être même s'agissait-il de l'assassin recherché…

Sans s'émouvoir des possibilités, et d'un accord tacite qui trahissait leurs années de partenariat, les militaires patientèrent jusqu'au moment opportun puis se retournèrent. L'acier des lames siffla dans l'air pour pointer aussitôt en direction de l'agresseur. Toutefois, en guise d'adversaire, elles ne trouvèrent que les mains innocemment levées en signe de reddition d'un vieil homme à la mine fatigué.

— Qu'y a-t-il, vieillard ? cracha Ed en plaquant le fil de son épée sous sa gorge.

— Aidez-nous… Cela se produit encore… Il est de retour…

— De quoi tu parles ?

— La malédiction de Zazel… elle sévit de nouveau.

Mise de côté la peur de finir égorgé par l'acier d'Edgar, le villageois paraissait agité, égaré. Il portait un vêtement usagé et ses doigts décharnés tremblaient sous le poids des âges. Comprenant qu'il ne représentait aucun danger, Phil indiqua à son acolyte d'abaisser son arme.

— Vous nous avez suivis depuis la taverne, n'est-ce pas ? intervint Phil en rangea à son tour l'épée.

L'ancêtre acquiesça.

— Vous devez nous aider… il revient.

— Qu'essayez-vous de nous dire, de qui parlez-vous ?

— Celui qui gisait sous les tertres. La crypte n'est plus scellée et la malédiction sévit de nouveau.

— Concentrez-vous, monsieur. De quelle malédiction parlez-vous ?

— Les meurtres sanglants… Cela s'est déjà produit.

— Quand ?

— Il y a une génération de cela, affirma le vieillard en s'agrippant aux épaules de Phil comme un lierre s'enroulant autour d'un tronc. Les Fidèles cherchaient un moyen de renverser le pouvoir, et ils ont failli réussir. Eux aussi ont mis le nez là où ils ne le devaient point… depuis les choses n'ont plus jamais été les mêmes.

Au loin, une silhouette apparut à l'angle de la rue précédente. Adoptant une attitude soucieuse, l'individu fureta jusqu'à poser les yeux sur les militaires en conversation. Il lança alors un appel et approcha d'une marche hâtive.

— Qu'ont-ils fait, répondez-nous ! reprit Phil.

— Ils se sont détournés des Saints Éléments. Ils… ils ont invoqué la noirceur dans leurs cœurs.

— Pa ! C'est toi ? intervint l'inconnu qui n'était plus qu'à une vingtaine de pas.

Comprenant que l'échange prendrait vite fin, Phil attrapa à son tour les épaules du vieillard et colla son visage au sien.

— Si cela s'est déjà produit, il faut que vous nous disiez comment vous avez arrêté le meurtrier. Nous devons savoir, monsieur, comment cela s'est-il terminé ?

L'homme eut un hoquet apeuré, comme si le souvenir de quelque événement passé ravivait en lui de terribles émotions. Il leva son regard confus vers le militaire et déglutit avec peine.

— Mal…

Aussitôt le marcheur qui jouait de la voix déboula. Sans ambages, il bouscula Phil.

— Qu'est-ce que vous foutez à enquiquiner mon père, hein ? beugla-t-il en libérant des postillons chargés de vapeurs éthyliques. Ôtez vos sales pattes !

Phil leva les mains en signe d'apaisement et s'expliqua. De l'autre côté, la paume sur la poignée de son arme, Ed se positionna derrière l'homme aviné, au cas où la situation exigeât une touche de persuasion martiale.

Toutefois, celui-ci paraissait plus soucieux que belliqueux. Une fois son paternel récupéré, et à la suite d'un florilège d'injures et d'invitations à se laisser tomber sur leurs propres épées, l'individu prit congé des mercenaires et repartit en sens inverse.

— C'était quoi ce charabia ? grommela Ed en rengainant sa lame.

Phil n'en avait pas la moindre idée. Depuis qu'il évoluait dans la cité de Zazel, chaque rencontre rivalisait de surprise avec la précédente et ajoutait un peu plus au mystère qui planait en ce lieu maudit. Chaque fragment de vérité révélé soulevait en réalité davantage d'interrogations.

Cette nuit-là, une fois dans l'intimité de sa miteuse chambre d'auberge, Phil ne trouva guère le sommeil. Il se repassait les événements de la journée les uns après les autres, désireux de démêler l'écheveau des trames ayant pu se jouer. En vain. Son esprit finissait toujours par invoquer l'image des trois cadavres mutilés de la boutique d'orfèvrerie. Aussitôt il sentait le froid. Cette nappe glaciale qui se déposait en lui et sclérosait ses réflexions au profit d'une terreur singulière. Il tirait alors de ses affaires l'indice récupéré sur la scène de crime. Ce sinistre marteau couvert de sang séché et incrusté de caractères grossiers. Manivel. Puis il recommençait à s'interroger.

Il se leva bien avant l'aube, conscient que le repos ne pouvait venir. Pas tant qu'il ignorerait ce qui hantait tant les habitants. Dans la chambre voisine, il trouva un Edgar tout aussi perturbé. Le briscard observait au travers de la fenêtre, une pipe d'herbes à l'odeur puissante serrée entre les dents. Les deux hommes s'équipèrent, et sans un mot, filèrent s'offrir aux ténèbres nocturnes avant le premier chant du coq.

* * *

Trouver le quartier des tailleurs de pierre ne leur prit guère longtemps. Situé en périphérie de la cité, là où les transporteurs pouvaient livrer les imposants blocs

16

avec aisance, l'endroit résonnait déjà du tintement de nombreux burins. Les mercenaires interrogèrent un à un les artisans avant que le contremaître des ateliers, intrigué que des importuns diminuassent la cadence de ses apprentis, leur tombât dessus. Il s'agissait d'un homme cabossé par l'existence, sa silhouette angulaire distendant un vêtement dont la teinte disparaissait derrière des années de crasse et de poussière. Devant l'insigne ducal, il ravisa son aigreur et accepta d'examiner le marteau qu'on lui tendait.

— Ha ! Ce satané Manivel, maugréa-t-il au travers de ses chicots abimés. Un bon à rien d'gamin, c'lui-là.

— Vous connaissez donc son propriétaire, reprit Phil.

— J'fais marquer tous les outils de c't'atelier, affirma le contremaître. Ça évite qu'ils aillent m'les vendre ailleurs et prétendent les avoir perdus. Et si l'un d'eux s'y risque quand même, j'peux savoir l'quel et prendre les m'sures qui s'imposent.

Il glissa une œillade entendue aux militaires en portant une main au martinet qui pendait à sa ceinture.

— Et si le voleur s'emparait des outils d'un voisin ?

— Ça c'leur problème.

Les mercenaires ramenèrent la conversation sur l'enquête et interrogèrent le contremaître sur le fameux Manivel. Celui-ci le décrivit comme un jeune sot tout juste capable, dont le travail laissait souvent à désirer. Discret et craintif, il ne lui connaissait pas de famille et l'employait depuis plusieurs années. Guère avare de reproches à son sujet, il ne dépeignit pas non plus le profil d'un tueur en série versé dans de macabres mises en scène. Le marteau lui appartenait certes, mais il avait pu changer de mains entre-temps.

Phil demanda alors où résidait l'apprenti. À la suite de sa réponse, et se méprenant sur ses intentions, le contremaître ajouta :

— Ce p'tit a bien besoin d'un peu d'plomb dans la cervelle. Un bon à rien, j'vous le dis ! Dites-lui qu'y m'doit plusieurs jours, et y paiera.

En quittant les lieux, Phil remarqua plusieurs regards glisser sur son acolyte et lui. Il lisait de la peur chez les apprentis. Et pas seulement justifiée par les lanières de cuir qu'agitait sans doute plus qu'à son tour leur contremaître. Ces stigmates avaient comme origine un mal différent.

Le soleil teignait le ciel d'or et de pourpre lorsqu'Ed et Phil rallièrent le quartier Cabane. Constitué de multiples taudis amassés les uns aux autres, comme pour se soutenir mutuellement, ces résidences grouillaient d'une vie miséreuse. Plus aucun pavage ne couvrait les rues, devenues en ces lieux beaucoup plus fines. La fange gagnait ici son combat contre les devantures et tachait tout ce qui pouvait l'être. Percées de trous béants, les sombres façades de bois délabrées s'élevaient vers de rachitiques toitures dépourvues de cheminées.

Ed se racla la gorge et arma un nouveau crachat. Les remugles qui imprégnaient l'endroit inscrivaient une vilaine grimace sur son maussade visage. Se mêlant aux émanations d'excréments jetés à même la rue et aux affreux relents de poisson en décomposition, ces fragrances venaient compléter le charme sordide de Cabane. La faune s'avérait ici bien farouche, s'écartant à la vue des deux hommes en armure sans demander son reste. Preuve, s'il en fallait, du sentiment qu'évoquait l'uniforme pour ces malheureux indigents.

La masure devant laquelle ils stoppèrent leur progression ne détonnait guère de ses voisines. En guise de porte se trouvait un vieux rideau déchiré qui remuait parfois sous les mesquins courants d'air qui circulaient. À l'intérieur gisait un mobilier spartiate en piteux état. Phil entendit le chuintement de l'acier d'Ed qui, peu importait le risque, n'avait pas l'intention de se laisser surprendre. Les mercenaires évoluèrent en silence, le pas léger, tout en observation et examen. Hélas, l'endroit semblait aussi abandonné qu'il en avait l'air. Les indications du contremaître s'avéraient pourtant juste. Il s'agissait de la bonne rue, et du bon croisement.

Les deux hommes s'apprêtèrent à rebrousser chemin lorsqu'ils perçurent un bruit. Un son mât et étouffé. Cela provenait de sous le plancher. Ils se concertèrent du regard et cherchèrent un accès au sous-sol. Dans un angle sombre proche des vestiges d'un coffre de rangement apparut alors une petite trappe. Phil attrapa un bougeoir qui traînait et alluma la mèche à l'aide de son briquet à silex. Puis il indiqua à Ed de l'ouvrir.

Les marches vermoulues grinçaient sous leur pas, et annoncèrent leur arrivée dans un lieu d'une sinistre désolation. Immédiatement, et sans qu'aucun d'eux ne pût se l'expliquer, ils ressentirent ce voile invisible leur coller à la peau. Ce frisson indéfinissable qui invoquait depuis les profondeurs de leur âme cette peur ancestrale et cristalline.

En face d'eux se tenait un homme.

Les traits de la jeunesse gonflaient son visage. Une abondance de cheveux sales lui couvrait le front et retombait sur ses oreilles. Il ne portait qu'un pantalon, et sur son torse dévêtu, apparaissait de cryptiques symboles gravés à même sa chair, et qui, d'après la dimension des inscriptions, avaient dû délivrer une intense douleur. Sous la flamme miroitante de la bougie, les cicatrices semblaient remuer. Il émanait d'elles une menace indicible, et une aura étrange forçait les regards à s'en détourner.

Aussi immobile qu'une statue, le jeune homme observa les mercenaires. Son facies n'exprimait nullement la surprise, et encore moins la crainte. En dépit de la fragilité de sa constitution, il se dégageait de cet être un curieux sentiment de puissance. Une énergie contenue et capable d'exploser tel un baril de poudre à la moindre étincelle. Il ne détenait aucune arme, et pourtant les militaires se tenaient sur le qui-vive.

Puis, au summum de l'incrédulité, ces derniers le virent sourire. Un abominable et dérangeant sourire qui les figea sur place.

— Oooh... roucoula le garçon en les lorgnant comme un délicieux gibier tombé entre les griffes du fauve. Voilà qui conviendra à merveille.

Cette voix portait les échos d'une profondeur insondable. Elle charriait les rémanences d'une dimension que le piètre intellect humain ne s'avérait point en mesure d'appréhender ; et qui distillait aussitôt dans le cœur un effroi aussi glaçant que la menace contre laquelle elle alarmait.

Ed prit une inspiration et s'arma de courage.

— Si tu tentes quoi que ce soit de stupide, gronda-t-il, tu le regretteras, gamin.

L'adolescent sourit de nouveau et pencha la tête sur le côté.

— Qu'y a-t-il, petite lanterne ? dit-il avec une douceur terrifiante. Le solide guerrier aurait-il peur d'un chétif apprenti ?

— Joue pas au con avec moi, le prévint Ed. Tu reconnais ça ? ajouta-t-il en levant le marteau tâché de sang.

— Oui.

— Tu peux nous expliquer ce que ça foutait près du corps d'un macchabée salement amoché ? Chez l'orfèvre du quartier voisin ?

— Je le peux. Mais à quoi bon ? Vous connaissez déjà la vérité, n'est-ce pas ?

— Alors tu admets être le responsable de ces crimes, coupa Phil en pointa sa lame vers le garçon.

Avec une lenteur inhumaine, l'assassin tourna la tête vers lui.

— Vous n'êtes guère ici pour effectuer mon procès, mais plutôt en tant qu'épée de la justice.

— Nous sommes ici pour mettre fin à tes manigances, espèce de salopard ! trancha Ed avec humeur.

— Bien entendu, petite lanterne.

— Le comte est le seul à même de rendre un jugement, dit Phil. C'est fini, tu vas gentiment venir avec nous et lui obéir. Comme mon collègue te l'a déjà précisé, à la moindre contestation, on n'hésitera pas à user de violence.

— Ce n'est pourtant point ce que vous désirez, rétorqua l'accusé. Vous avez observé le corps de mes victimes... vous avez posé les yeux sur mes œuvres... L'abjecte répugnance que cela suscite en vous vous exècre. Au fond de votre âme, vous savez qu'il n'existe qu'un moyen d'annihiler le fardeau de ces souvenirs...

La façon solennelle qu'il eut de s'exprimer renforçait l'inquiétant mystère qui nimbait sa personne. Les mercenaires s'étaient attendus à découvrir un adolescent terrifié, ou bien mentalement dérangé, reclus dans un coin et implorant qu'on l'épargne. Mais devant les manières sereines du jeune Manivel, ils ne faisaient qu'éprouver davantage de malaise.

— Il n'existe aucune prison assez solide pour me retenir, aucun pays assez éloigné pour m'empêcher vous hanter. Quelles que soient les mesures prises, je finirais par revenir, et alors je gouterais à nouveau la chair.

— Ça suffit, ferme ta putain de gueule ! s'emporta Edgar à bout de nerfs.

— Je me délecterais de la terreur des vôtres lorsqu'ils se savent menacés, et de celle plus délicieuse encore des âmes qui se sentent mourir.

Edgar rompit alors son immobilité et avança jusqu'à plaquer sa lame sous la gorge du tueur. Il tremblait.

— Et là, tu fais moins le mariole ! postillonna ce dernier. Personne ne pourra t'entendre ici. Rien ne m'empêche de m'amuser un peu avec ta sale petite gueule avant de te ramener au comte. Nous n'aurons qu'à lui dire que t'as résisté.

Le meurtrier ne recula pas même d'un pouce et rivait son regard dément dans les yeux du mercenaire, où une fureur dévorante se mêlait à la terreur.

— Ed… appela Phil dans son dos.

— Je m'en branle, Phil, répondit-il les lèvres frémissantes. Tu l'as entendu. Ce fils de pute mérite une leçon.

— C'est pas ça notre boulot, Ed ! Te laisser provoquer, c'est le laisser gagner. Arrête.

La sagesse de ces paroles s'infusa en lui. Doucement, elle sembla ramener une once de mesure. Après un long moment à le dévisager avec mépris, Ed recula et retira sa lame.

De son côté, le tueur paraissait déçu.

— Tu te détournes de ton chemin Edgar, dit-il. Qu'arrivera-t-il lorsque tu apprendras que mes doigts se sont à nouveau posés sur le corps d'une innocente petite fille ?

Ed l'ignora et chercha dans ses affaires des liens pour entraver les mains de l'assassin. Et également un bâillon pour museler ses élucubrations.

— Tu ne les sauveras pas elles, susurra Manivel. Tout comme tu ne l'as pas sauvé… elle.

Ce dernier mot fut prononcé avec une intonation singulière. Quelque chose qui éveilla une terreur nouvelle chez les mercenaires agités.

— Garde tes délires pour la cellule dans laquelle tu moisiras, vermine ! vitupéra Ed.

— Le moisi est offert devant moi. Je le vois comme le trou béant qui s'ouvre à l'intérieur de toi. Que penserait Poe de cette lamentable lâcheté…

Edgar en lâcha la corde de stupeur. Les yeux exorbités, il fit volteface vers l'assassin, horrifié.

— Espèce de… comment est-ce que…

— Tu incrimines la tempête, continua le meurtrier d'une voix aussi pénétrante qu'un poignard. Tu accuses le tonnerre et fait porter la faute à ton cheval, à quelque odieux coup du sort, et aux dieux que tu as choisi par la suite de renier. Mais je le vois, Edgar…

— Ça suffit ! Non !

— Au fond de ton cœur, tu sais qu'elle aurait dû se trouver à l'intérieur avec ta femme. Tu sais que le véritable responsable de la mort de ta fille… c'est toi.

Phil réagit un instant trop tard. La peur sclérosante qui enserrait ses membres l'empêcha de s'interposer à temps.

— Ed ! Non !

Sous l'ampleur du maelstrom émotionnel qui déferlait en lui, le guerrier tira son épée. Puis, dans un rugissement cathartique de bête sauvage, il perfora la poitrine du jeune homme et le cloua au mur. Ses poings gantés percutèrent son visage à de multiples reprises, désireux d'effacer cet atroce sourire qui le narguait. Il frappa, et frappa encore, jusqu'à le transformer en une bouillie informe. Seulement lorsque ses doigts le vrillèrent de douleur, seulement lorsque l'épuisement l'accabla, alors il s'arrêta de hurler. De lourdes larmes roulaient sur ses joues.

Phil le recueillit et patienta qu'il reprît son souffle.

Ensemble, ils contemplèrent silencieux le corps sans vie de l'horrible tueur.

— Viens, dit-il enfin d'une voix grave. Tirons-nous d'ici.

* * *

Phil remonta l'escalier l'esprit fiévreux. Il ne parvenait à tirer au clair les événements qui s'enchaînaient.

Au milieu du tumulte de ses pensées, une invraisemblance dominait. Elle concernait les connaissances d'un gamin paumé d'une cité mineure pour le passé d'un mercenaire originaire du duché voisin. Phil n'avait pourtant pas rêvé. Le tueur avait bien prononcé le nom de Poe. La fille d'Edgar. D'où pouvait-il bien sortir ça ? De quel type de sordide complot fallait-il à présent se méfier ?

À nouveau, il eut le sentiment que quelque chose n'allait pas. Les irrégularités se succédaient. Ces meurtres, l'émergence de fanatiques rebelles, la discrétion du comte, la terreur des citoyens, et puis cette sensation… Encore cette adhésive angoisse qui lui collait à la peau. Elle ne se dissipa cette fois-ci point lorsqu'il retourna dans la rue. Le soleil dardait enfin ses rayons sur les façades, mais Phil ne perçut aucune chaleur. Bien au contraire.

Il chercha à consulter son acolyte. Ce dernier ne pipait mot depuis qu'il avait déchaîné son courroux.

Un odieux frisson parcourut soudain Phil.

En lieu de l'expression d'usage morose et renfrogné de son ami, il lisait à présent autre chose. Une sournoiserie cruelle, doublé d'un regard venimeux. Mais l'élément qui lui glaça l'échine et fit se révolter chacune des fibres de son corps en proie à la terreur fut le sourire qu'affichait Edgar. Le briscard ne souriait jamais. En aucune circonstance. Et ce sourire-là ne lui appartenait pas… La dernière fois qu'il l'avait contemplé, c'était sur le visage du meurtrier.

Un éclat de lucidité foudroya alors Phil. Il se rappela les avertissements du vieil ivrogne, sur la malédiction de Zazel qui avait sévi par le passé. Il se souvint de l'attitude des Fidèles de Lo, et des étranges scarifications sur leurs peaux. Il se remémora l'impérieuse insistance du comte pour ramener le tueur en vie, et son curieux désir de l'expédier dans une caisse à destination de la frontière. Les éléments dessinaient enfin un spectre de vérité sur le malheur qui s'était abattu ici.

Avec horreur, il réalisa aussitôt ce que cela impliquait. Aussi discrètement que possible, il porta la main jusqu'à son épée.

En réponse à ses pensées, Edgar lui offrit un sourire plus large encore.

— Qu'y a-t-il, petite lanterne ? Tu ne reconnais plus ton vieux copain ?

FIN

Le Danseur au javelot

Vendarion d'Orépée
Troisième partie

Les 3 nations

Chapitre VII – Les trois Nations

— Ne vous penchez pas monseigneur. Et surtout ne tirez pas sur le harnais. Crachesang a une fâcheuse tendance à réagir à chaque mouvement de ses cavaliers, et il pourrait bien vous déséquilibrer.

Deux hippogriffes survolaient la forêt des irildari, le pays des elfes sylvains. Le premier était monté par un noble torildar portant une armure en écailles de dragon noir. Le second était équipé d'une double-selle ou un écuyer dirigeait la manœuvre tandis que derrière lui, un seigneur elfe plus jeune se redressait suite à l'avertissement.

— Vous avez raison Noril, excusez-moi.

— Et ne vous excusez jamais auprès d'un inférieur.

— oui, soupira le jeune elfe sans convictions.

Les deux hippogriffes se posèrent sur une petite colline. Le plus âgé des deux seigneurs descendit de sa monture et se dirigea vers la forêt toute proche ou un groupe d'elfes forestiers virent à sa rencontre.

— Prince Telathir, s'exclama le premier avec un bref salut de la tête. Dame Uilnareth nous a chargé de vous accueillir. Nous avons apporté de quoi nourrir vos montures.

Le seigneur Torildar eut un bref regard vers les paniers de viande crue portés par les elfes.

— Maître Oxidor, répondit-il avec un sourire condescendant. Vous remercierez votre Dame de ma part et vous pouvez me conduire directement à la salle du conseil.

L'idée de remercier directement les chasseurs ne lui serait même pas venu à l'esprit.

— Le temps de nourrir vos montures et je vous y conduit.

— Ne vous donnez pas cette peine, mon brave. Mon fils va s'en charger.

Oxidor fronça les sourcils en s'entendant appeler « mon brave ». Après tout, il était un des principaux officiers des rôdeurs irildari. Mais le Prince Telathir ne sembla pas le remarquer.

— Thénarion n'a pas encore cent ans, poursuivit-il, mais c'est déjà un excellent dresseur. Notre famille a toujours mis un point d'honneur à ce que chaque héritier soit capable de s'occuper seul de sa propre monture volante.

— Je vais l'observer, si vous m'y autorisez monseigneur. Mes lieutenants vous serviront d'escorte et je veillerai personnellement sur votre fils et son écuyer.

Le jeune seigneur s'arma d'un bâton à crochet, y accrocha une pièce de viande d'un coup sec et l'approcha des deux montures volantes. Aussitôt, les deux créatures se disputèrent furieusement ce premier en-cas.

Oxidor trépignait d'énervement. Ce gamin allait se faire tuer bêtement. Au moment ou le jeune torildar revint pour prendre une seconde pièce de viande, il l'interrompit.

— Seigneur Thénarion, nourrissez celui de votre père en premier.

— Pardon ? Fit le jeune elfe surpris. Que pourriez vous m'apprendre sur le dressage des hippogriffes, vous qui n'en avez sans doute jamais vu.

— Pas grand-chose, sauf ce que tout rôdeur expérimenté peut vous apprendre sur les carnassiers : l'hippogriffe de votre père est le dominant. Il doit être nourri en premier sinon il va s'énerver.

Thénarion croisa le regard de son écuyer en quête d'une réponse. Ce dernier hocha la tête.

— Merci de votre avis, je vais le suivre.

— Tenez fermement votre baton-crochu, avec un pied de distance entre chaque main… et mesurez vos gestes, si vous avancez brusquement au moment ou l'animal prend la nourriture, vous risquez de le blesser.

L'écuyer laissa échapper un soupir qui n'échappa pas à l'elfe sylvain.

— Ai-je dit une bêtise ? demanda l'elfe sylvain.

— Non pas du tout, j'ai vu tout de suite que vous étiez un dresseur expérimenté. Ce n'est pas dans ce domaine qu'on peut vous impressionner.

— Le but était de nous impressionner ?

L'écuyer avala sa salive en découvrant l'aveu involontaire qu'il venait de faire et resta bouche bée pendant quelques instants. Le retour de son jeune seigneur le tira d'embarras.

— Deux morceaux à chacun, fit ce dernier. Pas plus pour ne pas les gaver. Nous pouvons rejoindre les autres à la salle du conseil.

— J'allais vous le proposer, répondit Oxidor, et... permettez-moi de vous féliciter, vous vous en êtes très bien sorti.

* * *

Assis sur une branche, Zaragh s'ennuyait.

Son siège improvisé jouxtait la plateforme de bois qui servait de Grand Place au village arboricole. L'endroit même ou, la veille, une demi-douzaine de guerriers s'obstinaient à attendre à genoux une hypothétique exécution plutôt que de s'avouer vaincus.

L'alvorc n'avait donc même plus droit à ce spectacle.

Une tension inhabituelle sur le pont de cordes le plus proches lui annonça la présence de visiteurs peu avant qu'il ne les entende. Il se leva pour aller à leur rencontre.

— Ne craignez rien, monseigneur. Même si ça tangue un peu, vous n'avez rien à craindre. Ce pont est solide... les enfants du village le franchissent à cloche-pieds pour s'amuser.

— Hey, Oxidor ! Pour ce qui est de sauter à cloche-pieds, on peut dire que tu t'y connais... tu te rends compte qu'on n'a même pas eu le temps de prendre un verre ensemble depuis qu'on s'est retrouvé, alors qu'on était inséparables au ludus.

— Ce n'est pas mon meilleur souvenir, répliqua l'elfe sylvain en surveillant la progression du seigneur torildar. Et pour l'instant, je guide le Seigneur Thénarion à la salle du conseil.

— Il trouvera bien le chemin tout seul, c'est juste en face. Ha, on a d'autres souvenirs à évoquer... comme le jour ou la petite brune aux yeux bridés est venu te chercher pour te présenter à une « dame de la cour » – proche de la famille impériale – à ce qu'elle disait. Au fait, tu ne nous a jamais dit si tu avais fait plus ample connaissance avec elle, ni comment ça s'est passé... une à la fois ou les deux ensemble ?

— Tu as oublié notre règle : on ne parle pas de ce genre de choses.

— lié connaissance ? répéta Thénarion d'un ton interrogatif.

— Ce n'est rien, des histoires de gladiateurs.

— haha ! ricana Zaragh, un puceau ! Je l'aurais parié.

Ayant franchi le pont de cordes, les deux elfes passèrent à côté de l'alvorc sans s'arrêter.

— Mais attends, quoi ! protesta ce dernier. Tu ne vas pas me snober pour une bande d'elfes ? D'accord, t'es un elfe aussi, mais t'es pas un elfe comme eux... et de toute façon, ce conseil n'est même pas intéressant. Ils parlent un peu de stratégie, mais c'est surtout des coups fourrés, de la politique et des trahisons. On s'embête comme des rats crevés en les écoutant.

25

— On prendra un pot tout à l'heure, promis. C'est moi qui invite.

— Mais attends, quoi ! …

L'irildar n'attendit pas, il entra dans la salle du conseil, et se figea de stupeur.

Uilnareth présidait la séance, les seigneurs irildar et leurs alliés étaient rassemblés autour d'une carte de la province de Sirkoth.

A la droite de la magicienne se tenaient plusieurs elfes : le Prince Telathir, toujours vêtu de son armure en écailles de dragon, le maître rôdeur Calvalur reconnaissable à son foulard rouge vif, et le mage Maeglach. À sa gauche se tenaient plusieurs humains : Sarandic de Carchois, vice-connétable des Paladins noirs accompagné d'un aide de camp et plusieurs chefs mercenaires qu'Oxidor ne connaissait pas. Mais ce qui attira immédiatement l'attention de l'ancien gladiateur, c'était le petit groupe de guerriers en armure sombre qui se tenaient à l'écart.

Trois seigneurs de guerre nadzirdari participaient au conseil de guerre.

Le chef de ce petit groupe adressa à l'elfe sylvain un petit signe de tête accompagné d'un sourire ironique.

Zaragh entra en trombe juste derrière Oxidor.

— Désolé ! s'exclama-t-il. J'ai essayé de le retenir…

Le chef de ce petit groupe adressa à l'elfe sylvain un petit signe de tête accompagné d'un sourire ironique.

Chapitre VIII : Mise au point

— holà, poupée ! Ramène une autre cruche de vin pour mon copain !

— Je ne suis pas ta poupée, face d'orque ! répliqua une voix féminine.

— Laisse tomber, Zaragh. J'ai déjà assez bu… et je dois rester sobre.

— Alors je boirai pour deux !

Oxidor et Zaragh étaient installés à une table d'une taverne elfique. Les autres tables étaient désertes, leurs occupants ayant prudemment vidé les lieux en apercevant l'alvorc.

Même accompagné d'un rôdeur au foulard orange, un orque représente toujours un danger.

L'aplomb de la serveuse à provoquer l'alvorc n'en était que plus remarquable.

— Trois pièces de cuivre ! annonça-t-elle en déposant lourdement le cruchon.

— Tiens poupée, garde la monnaie et achète-toi une robe à décolleté… ça attirera les clients, il n'y en a pas beaucoup.

L'elvine rendit la monnaie et partit sans un mot.

L'alvorc remplit les deux gobelets et reporta son attention sur son compagnon.

— Les femelles de ton pays sont jolies à regarder, mais elles ont un caractère de trollesses dépressives. Il faudrait qu'on refasse une virée à Solarys un de ces quatre… On a plein de choses à y faire.

— Tu devras y aller seul, je n'ai pas intérêt à montrer mes oreilles dans l'Empire juste pour voir des tavernes et des filles. Je passe la frontière de temps en temps pour massacrer les patrouilles, et ça me suffit largement.

— Je ne pense pas seulement aux filles… on a d'autres choses à faire à Solarys…

— Oh, toi tu penses à Skazat !

— Ouais ! Ce salopard s'est sacrément bien fichu de nous ! Ce serait bien qu'on lui fasse la peau, tous les deux… comme au bon vieux temps, mais sans le public. Tu sais qu'il s'est fait tellement haïr dans le métier qu'il n'ose plus utiliser ses anciens gladiateurs comme gardes du corps ? Il fait appel à une milice privée qu'il paie une fortune. Et la nuit, un espion nadzirdar surveille les abords de sa villa pour éloigner ou liquider les curieux.

Oxidor se raidit au mot « nadzirdar »

— À ce propos, poursuivi Zaragh, je crois que ceux qu'on a vu au conseil comprennent l'orque. J'en ai vu un sourire lorsque tu m'as parlé, au moment de partir. Quand tu m'as dit…

— « Je le tuerai un autre jour » poursuivit Oxidor. Tu me l'as tellement répété dans l'arène que c'est ressorti tout seul !

Un client entra dans la taverne et les deux ex-gladiateurs interrompirent leur discussion. Le nouveau venu n'était pas n'importe qui : c'était un elfe des montagnes richement vêtu, équipé d'une cotte de mailles elfique.

— Puis-je me joindre à vous ? Demanda le nouveau venu.

La requête était inattendue.

— Vous êtes le bienvenu, seigneur Thénarion, répondit Oxidor. Le conseil est terminé ?

— Dans les grandes lignes, oui. Il reste des détails à régler mais je tenais à vous expliquer… sur la présence des nadzirdari.

— Oh, j'imagine qu'ils ont une bonne raison d'être là. J'aurais simplement apprécié que Uilnareth me mette au courant avant leur arrivée au lieu de me tenir à l'écart. D'une manière ou d'une autre, il aurait bien fallu que je l'apprenne, non ? Parce que si ce n'est pas moi qui en donne l'ordre, aucun rôdeur ne franchira la frontière solarienne.

— C'est compliqué…

— Allons, vous pouvez parler sans détour puisque vous n'êtes pas impliqué dans ce choix… c'est pour cela qu'on vous a désigné pour m'en parler.

— Ils sont là pour l'Empereur, à cause de ce qui est arrivé à une de ses filles.

— Évidemment, s'exclama Zaragh. L'empereur ne peut pas faire tuer Hazvorbak par ses propres hommes, alors il envoie des assassins.

— C'est encore plus compliqué que cela, reprit Thénarion.

— Mais non ce n'est pas compliqué, coupa Oxidor, c'est même très simple. La fille de l'empereur dont il est question est à moitié nadzirdar, et ces elfes font probablement partie de son clan maternel. Ils sont ici pour régler une affaire « personnelle », avec la bénédiction de l'empereur. Ils ont l'autorisation de capturer Hazvorbak et de lui faire subir tout ce que l'Empereur rêve de faire sans en avoir la possibilité.

— Vous étiez au courant ? S'interrogea Thénarion.

— Le palais d'hiver du harem impérial est proche des arènes, et on y apprend beaucoup de choses quand on fréquente les bonnes personnes.

— J'ai rien compris, ajouta Zaragh. Tu ne pourrais pas recommencer ?

— En tout cas, reprit Thénarion, votre raisonnement est juste, mais un détail vous échappe : les nadzirdari ne doivent pas seulement préserver la lignée d'Hazvorbak… Hazvorbak lui-même doit rester en vie.

— Pourquoi ? demanda Zaragh.

— Pour que le Prince Wotsaben sache que son père a vécu assez longtemps pour créer une autre lignée, poursuivit Thénarion… ou au minimum, pour lui laisser un doute.

— Et si Hazvorbak était « accidentellement » tué dans la bataille ? demanda Oxidor.

— Solarys entrerait immédiatement en guerre contre Iril-Ranor, et ce serait une guerre totale… Ce serait d'ailleurs la meilleur manière de souder autour de lui ses seigneurs belliqueux.

— C'est typiquement solarien, ajouta Oxidor.

— Sacrément vicelard, ouais. Ça me troue les fesses, tiens ! conclut Zaragh en riant.

Chapitre IX : L'Assaut

Forteresse d'Hazvorbak — porte Sud

C'était une nuit sans lune. Une de ces nuits ou la crainte des rôdeurs et des assassins remplaçait celle des loups garous et des sorcières, comme si les créatures de la nuit s'étaient accordées pour ne laisser aucun répit aux humains.

L'homme faisait les cent pas sur le chemin de ronde, ou plus exactement, dix-sept pas entre chaque tour… parfois seize, plus rarement dix-huit. Il les avait compté et recompté des centaines de fois.

Il venait de compter le douzième sur son vingt-deuxième passage lorsque quelque chose attira son attention sur l'horizon. Une lueur qui s'approchait de la forteresse, ou plus exactement une file de points lumineux.

« Qui est assez fou pour se balader en pleine nuit aussi près des royaumes elfiques ? » pensa-t-il.

Il reprit sa marche.

« quinze… seize… dix-sept… dix-huit… dix-neuf »

— Stop !

L'homme de garde s'arrêta. Il venait d'arriver au bout du rempart et son officier se tenait juste devant lui.

— Tu as vu quelque chose ?

— Oui chef ! Des lumières qui se dirigent vers nous depuis la route.

— La prochaine fois, préviens moi tout de suite au lieu de t'arrêter à regarder le paysage.

« Troupe en armes » - murmura une voix étouffée.

Elle venait du haut de la tour.

— Tu entends ? ajouta l'officier. Ça, c'est un soldat qui respecte la consigne ! Retourne à ton poste, on en reparlera.

Après une brève réponse au guetteur pour signaler qu'il l'avait bien entendu, l'officier se rendit à la porte sud d'où on pouvait maintenant apercevoir les nouveaux arrivants. Il s'agissait effectivement d'une troupe de guerriers. Mais de quelle armée ? Ce n'étaient visiblement ni des elfes, ni des solariens. L'un d'eux brandissait une pique surmontée d'un étrange objet sphérique que l'officier identifia rapidement comme une tête d'humanoïde.

— Des orques ! S'exclama l'officier. Ce sont des mercenaires et ils viennent réclamer une prime… non ! Plusieurs primes… Toi ! Va réveiller Bukshat. C'est lui qui s'occupe de ce genre d'affaire.

Le soldat désigné partit aussitôt. Bukshat arriva quelques minutes plus tard, c'était un mercenaire alvorc recruté peu après le départ de Zaragh.

Il se pencha sur une meurtrière et apostropha les visiteurs dans un mélange d'orque et de solarien.

— Sharzumag thûr ? De l'or ? Grimpatuskak ! Vous voulez de l'or pour une tête d'orque ?

Et une voix d'orque lui répondit en solarien :

— Inutile d'être grossier, sous-humain ! Nous ramenons la tête de Zaragh… et de quelques autres traîtres… et d'un ou deux elfes… et autre chose que je n'ai pas envie de négocier avec toi !

— Werog Rothmuk Xar ?

— Le Xar Rothmuk est mort ! Tué par les elfes. Je suis Golged, le nouveau Xar.

Bukshat se tourna vers l'officier.

— Je n'aime pas ça ! murmura-t-il. Ce gars est un alvorc, comme moi… les bâtards qui choisissent de vivre avec les orques pour devenir « chef » ne sont pas dignes de confiance… De toute façon, s'il a tué Zaragh, le problème est réglé… qu'on le paie ou non n'a aucune importance.

Étonné de ne pas avoir de réponse, Golged se remit à parler :

— Personne ne veut de mes têtes ? Ha ! Je les revendrai ailleurs… J'ai aussi un Prince Solarien sur ses deux pattes et je crois qu'il vaut cher… Je le revendrai ailleurs lui aussi.

Puis, il fit signe à ses hommes de faire demi-tour.

— Attends ! Cria l'officier. On achète tes têtes.

— Ne lui fais pas confiance, insista Bukshat. Les bâtards sont des fourbes.

— Je me contrefiche de vos jalousies d'orques ! Si ce bonhomme a capturé Wotsaben et qu'il le livre à n'importe qui, c'est ma tête qui se retrouvera au bout d'une pique.

— Ça te ferait une belle jambe, répliqua Bukshat en haussant les épaules.

Puis il quitta la tour de guet, tout fier de son jeu de mot.

Lorsqu'il arriva dans la cour, la grande porte était ouverte et les cavaliers orques pénétraient dans la forteresse en exhibant leurs sinistres trophées. Ainsi donc, voilà la tête de ce « Zaragh » qui avait trahi son seigneur… Une curiosité morbide incita Bukshat à examiner de plus près la tête tranchée de son congénère.

Puis son attention fut attirée par un des guerriers casqués qui suivait de près le chef du groupe. L'épée qu'il portait au fourreau était de facture elfique…

probablement une prise de guerre, mais cela prouvait que ce combattant devait être exceptionnel.

— Gut Scram yuhas ! S'exclama-t-il en guise de compliment.

Pour toute réponse, le guerrier répondit par un raclement de gorge – qui pouvait aussi bien être une approbation qu'une menace – et mit pied à terre, comme le reste de la troupe.

— On lui a tranché la langue quand il était gosse ! S'exclama le porteur de tête dans la langue des orcs. Il cassait les pieds de tout le monde avec des questions idiotes.

Ravi d'entendre enfin parler sa propre langue, Bukshat se tourna vers son interlocuteur.

— Haï ! Les grandes gueules sont généralement des ambitieux, il vaut mieux les faire taire… alors c'est toi le nouveau Xar ? Comment est mort Rothmuk ?

— On sort d'une grosse bataille contre les elfes ! Comment crois-tu qu'il est mort ?

— Ben j'en sais rien, répondit Bukshat d'un ton rusé. Je croirai ce que tu me diras.

— Nous étions sur le point de rattraper les fugitifs lorsque les irildari nous ont tendu une embuscade. Rothmuk a immédiatement ordonné la charge et s'est rué sur le chef des elfes : un solide guerrier qui se battait avec deux lames en mithril, une courte et une longue… il est mort comme il a vécu, en combattant héroïque.

Bukshat écoutait ce récit avec une certaine perplexité… Rothmuk n'avait jamais été un héros, il avait pris le contrôle de sa horde en assassinant son prédécesseur. Et tous ces chevaux ? Certains orques pouvaient monter à cheval, mais ce n'était pas courant. Ils préféraient généralement les sangliers de guerre. Il y avait quelque chose qui clochait…

— Et finalement, poursuivi le nouveau Xar, le muet et moi, on a eu l'elfe et sa tête est maintenant au bout d'une lance. Je lui ai laissé la longue lame parce que je préfère la hache.

— Et la courte ? Qu'est ce que tu en as fait ?

— Pourquoi tu demandes ça ?

Bukshat sentit comme une piqûre sur son cou. Il y porta la main et ses doigts rencontrèrent un objet métallique.

Comme il s'écroulait le cou transpercé, l'orque muet essuya sa dague sur un pan de sa cape et souleva son heaume, dévoilant le visage d'un elfe Nadzirdar.

— C'est bien gentil, vos retrouvailles de famille, mais on a autre chose à faire !

Zarath souleva son propre heaume et donna un ordre bref. Aussitôt, les « guerriers orques » dévoilèrent leurs véritables identités : elfe sombres, elfes forestiers et guerriers solariens, et se lancèrent à l'assaut de la garnison d'Hazvorbak.

Au même moment, un épais nuage de brume s'éleva du sol, trop rapidement pour être un phénomène naturel, mais les assaillants ne semblaient pas incommodés.

* * *

La cour de la forteresse fut rapidement « nettoyée ». Les nadzirdari s'enfoncèrent dans les quartiers du seigneur tandis que les irildari s'attaquaient aux quartiers de la garnison. Pour leur part, les guerriers solariens prenaient le contrôle des autres quartiers.

Cette répartition des tâches avait été mûrement réfléchie : les nadzirdari, vivant essentiellement en souterrains, étaient experts dans les combats en lieu clos, les solariens connaissaient les habitants de la forteresse et étaient connus par eux, ils pourraient les désarmer sans passer par un bain de sang. Il ne restait aux irildari que la garnison à défaire.

Oxidor Trucidel, qui venait de se démasquer, commandait l'assaut.

— Zaragh ! hurla-t-il. Tu viens avec nous ?

— Je dois attendre le prince Wotsaben, répondit l'alvorc. Il faut qu'il prenne en personne possession de la forteresse pour que les derniers défenseurs se rendent. Tu massacreras les hommes d'Hazvorbak sans moi… après tout, ce ne sont que des humains.

SUITE ET FIN AU PROCHAIN NUMERO

La viole de Ventre

Constantin Louvain

Le professeur de musique entra dans la salle de classe et observa un instant depuis la porte la vingtaine d'étudiants présents, lesquels lui témoignèrent la même attention. L'homme, un Han assez grand et mince, portait des sandales, des chausses grises et la longue veste bleue électrique des sorciers, agrémentée de bordures écarlates au niveau du col et des poches. Il monta sur l'estrade et contempla ses élèves de seconde année qui, garçons comme filles, avaient revêtu la robe verte adaptée à leur statut. Il s'éclaircit la voix et posa sur le bureau derrière lequel il se dressait une viole de ventre avec son harnais ainsi qu'un archet avant d'interpeller l'assistance.

— Bonjour à tous. Je suis Xian Peï, votre professeur de musique magique pour cette année. Vous avez beaucoup à apprendre et nous disposons de peu de temps. Afin de partir de bases saines, je dois m'assurer de votre niveau de connaissances théoriques. Qui, parmi vous, peut m'expliquer quels éléments sont requis pour réaliser un sort ?

Son regard erra sur la masse apathique des étudiants. Seuls deux d'entre eux levèrent la main, une jolie Gallic à la peau blême parsemée d'éphélides, au visage joyeux encadré d'une crinière écarlate, ainsi qu'un Han de taille moyenne au teint foncé et aux cheveux noirs. Xian Peï désigna ce dernier de l'index :

— Vous… Il consulta du regard le parchemin qui indiquait les noms des élèves en fonction de leur place assignée, et aboya : Amator Valanthyr. Je vous écoute.

— Révéré maître, exposa l'étudiant ainsi sélectionné, un sort requiert, outre l'intention, quatre éléments indispensables : un niveau de fluide magique suffisant, l'énoncé une formule adéquate, la manipulation correcte de la baguette et une mélopée appropriée. Pour les charmes les plus simples, l'invocation chantée supplée à la nécessité d'un instrument de musique.

— Tout à fait exact, Amator. Rasseyez-vous. Je profite de cette introduction pour vous rappeler que dans le terme enchanteur, vous trouvez le vocable chanteur. La mélodie constitue en effet une composante primordiale des sortilèges. Sans elle, la plupart deviennent inopérants ou se retournent contre leurs auteurs. Vous en déduirez sans peine que mon cours s'avère pour vous essentiel. Passons à la question suivante. Voici une viole de ventre. Qui peut m'expliquer pourquoi les magiciens utilisent cet instrument en particulier ? Oui, mademoiselle… Julie Lamely.

La jeune Gallic se leva et annonça :

— Elle permet au sorcier de jouer la musique requise en se servant de sa seule main gauche, ce qui laisse la droite libre pour l'usage de la baguette.

— Tout à fait... le harnais autorise l'enchanteur à attacher la viole sur son abdomen afin de libérer ses deux mains. Rasseyez-vous, je vous prie. Observons maintenant la composition de l'instrument. Comme vous pouvez en juger, il possède sept cordes qui correspondent chacune à une note de la gamme. Celles-ci sont tendues à l'aide de chevilles et passent au-dessus de la caisse de résonance avec sa table d'harmonie. Vous apercevez ici le chevalet en triangle qui permet de disposer les boyaux de façon à ce que l'archet glisse...

Amator regardait le professeur désigner l'un après l'autre les différents éléments de l'engin, exposer ses modes de fonctionnement, et se sentait déjà perdre pied. Ses expériences musicales précédentes s'étaient révélées peu concluantes. Gamin, il s'était essayé sans grand succès à jouer de la flûte, jusqu'à ce que ses camarades lui mettent le marché en main : il cessait de leur casser les oreilles ou ils lui briseraient l'instrument sur le crâne. Le jeune garçon se l'était tenu pour dit et avait abandonné ses tentatives. Plus tard, ses voisins avaient protesté avec véhémence quand il s'était brièvement adonné au cor de chasse, et il avait cédé à regret. Il en avait conclu que la musique ne lui portait pas chance et s'en était détourné. Mais il la rencontrait derechef sur son chemin, et comprenait soucieux qu'elle pouvait constituer un obstacle de taille. Égaré dans ses pensées, il perdit de vue l'exposé du professeur Xian Peï et ne revint à la réalité qu'alors que ce dernier terminait son discours par ces mots :

— Dès notre prochain cours, nous débuterons les exercices pratiques. N'oubliez donc pas d'apporter votre instrument. La procure fournira des violes d'occasion aux élèves nécessiteux. Remercions l'Empereur de Mora pour sa générosité. Nous nous retrouvons après-demain, même lieu, même heure.

Les étudiants se levèrent dans un brouhaha, récupérèrent chacun un lot de partitions et marchèrent vers la sortie.

Amator se rendit le jour suivant au matin à la procure et s'adressa au préposé, un vieux Morain au crâne dégarni :

— Je viens de la part du Professeur Xian Peï. Je désire une viole de ventre.

— Hum... Vos collègues m'ont rendu visite hier en fin d'après-midi et ont raflé tout mon stock.

— Quoi ?! Vous n'en avez plus ?

— Non. Apparemment, les nécessiteux sont légion cette année... à moins que les géniteurs de vos congénères se montrent plus radins que de coutume... Vos parents ne peuvent pas vous payer un instrument décent ?

— Je me suis retrouvé orphelin l'an passé, et je ne roule pas sur l'or...

— Ah… désolé. Je vais voir si je peux vous trouver quelque chose. Attendez ici et commencez par remplir le formulaire.

Le fonctionnaire s'éloigna en soupirant. Amator le vit emprunter un escalier dérobé et s'enfoncer dans des profondeurs inconnues. Le jeune Hind compléta le document officiel avec application et patienta. Le Morain ne réapparut qu'au bout d'une heure, un instrument sale et poussiéreux à la main. Il posa l'objet sur le comptoir et annonça :

— Voilà ! Je me souvenais en avoir aperçu un au milieu d'un bric-à-brac qui date de l'ère des merveilles.

— Mais… cela signifie plus de deux cents ans.

— Je doute que le temps ait affecté un mécanisme aussi simple. Cette viole me parait en état de marche.

— Si vous le dites…

Amator s'approcha de l'objet et souffla pour disperser la poussière grise accumulée sur ses surfaces et dans ses recoins, ce qui déchaîna les protestations de son interlocuteur :

— Ho ! Arrêtez de salir mon comptoir ! Prenez cette antiquité et sortez !

Sans insister, l'étudiant récupéra l'instrument et s'éloigna. Il regagna la cité universitaire et rentra dans la chambre qu'il y partageait avec un autre boursier, temporairement absent.

Il s'installa dans la salle d'eau et commença le nettoyage de l'engin à l'aide d'un chiffon légèrement humide. Peu à peu, il découvrit avec intérêt de ravissantes incrustations en or et en argent dissimulées sous la poussière et la crasse séculaires. Arrivé au terme de son activité, il comprit qu'il avait hérité d'un objet de prix, une viole de luxe laquée d'un blanc brillant, à l'archet décoré d'un filigrane en or. Il marmonna à mi-voix :

— Qui a pu abandonner une telle merveille dans les caves de la procure ?

Il réfléchit un moment puis haussa les épaules. Il choisit parmi les partitions reçues la veille un morceau simple recommandé pour les débutants, se remémora ses leçons de solfège de première année et l'étudia avec attention. Lorsqu'il estima l'avoir suffisamment enregistré, il attacha la caisse de la viole à son torse, brandit l'archet et murmura sur un ton solennel le titre de l'œuvre :

« Réminiscences d'automne »

Sous son regard ébahi, les chevilles tournèrent pour tendre les cordes et l'archet, comme animé d'une vie propre, se mit en mouvement, entraînant sa main gauche. La mélodie retentit, mélancolique, exquise et cristalline. Amator fut à ce point surpris qu'il laissa le court intermède musical se dérouler jusqu'à son terme sans oser intervenir. Lorsque l'archet cessa de frémir entre ses doigts, il le déposa précautionneusement sur un guéridon au moment où son camarade de chambrée, un jeune Gallic, entrait dans leur logis commun. Le nouveau venu s'exclama :

— Pas mal ! Où as-tu découvert cette viole ?

— A la procure, souffla Amator.

— Je m'y suis rendu hier, mais ils ne m'ont confié qu'un instrument standard. Tu as eu droit au modèle de luxe, et apparemment tu t'en sers comme un chef. Je t'ai entendu lorsque je montais l'escalier…

Le jeune Hind hocha la tête et dégrafa les lanières qui fixaient la caisse de résonnance sur sa poitrine en marmonnant :

— La qualité de l'instrument intervenait pour beaucoup dans celle de mon interprétation.

Il n'en dit pas plus sur le moment et n'aborda pas le sujet pendant le déjeuner avec son collègue au restaurant universitaire. La conversation des deux jeunes gens se limita à un sujet classique : devaient-ils remercier l'Empereur pour cette pitance gratuite ou le maudire pour la médiocrité des plats. Seul le pain de la plèbe, disponible gratis pour tous en une douzaine de goûts différents, trouva grâce auprès de leurs papilles. Une fois repu, Amator prétexta un rendez-vous et quitta son copain de chambrée. Il récupéra sa viole, s'installa dans un coin éloigné du parc, et s'entraîna pendant deux heures. Le répertoire de l'instrument semblait immense. Il joua avec maestria tous les titres qu'il lui soumit.

Le lendemain, il fit sensation au cours de musique, et ce succès perdura tout au cours de l'année. Xian Peï ne tarissait pas d'éloges à son égard et le citait régulièrement en exemple aux autres élèves, ce qui en agaça plus d'un. Délivré du temps requis pour maîtriser une des techniques les plus complexes nécessaires pour lancer un sortilège un tant soit peu élaboré, Amator arriva à se maintenir à niveau dans les domaines restants. Son professeur de coordination éprouvait des difficultés à comprendre comment un étudiant aussi habile au maniement de l'archet se montrait si maladroit dans celui de la baguette magique et s'en désolait mais personne ne devina son secret. L'année s'écoula et la période des examens se profila au début de l'été. Amator, vu sa maîtrise exceptionnelle de la viole de ventre, avait obtenu l'accès à un local où il pouvait s'entraîner dans la solitude.

Il s'y rendit à une semaine des contrôles finaux, tôt le matin, se harnacha et souffla à l'objet le nom d'une œuvre particulièrement complexe que seuls des sorciers de renom exécutaient à la perfection. À sa grande surprise, l'archet demeura immobile. Une voix ténue sembla naître de l'air ambiant à hauteur de son visage et énonça distinctement :

— Il vous reste trois morceaux.

— Pardon ? Qui parle ? s'exclama le Hind alarmé par cette réaction inattendue.

— L'esprit de la viole, bien entendu, rétorqua la voix fluette.

— Vous… vous avez un esprit ?

— Évidemment…

— Que vouliez-vous dire par : « Il vous reste trois morceaux ? »

— Cela me paraît assez clair. Bon, je débute l'interprétation.

— Non ! Attendez ! Attendez !

— Quoi encore ?

— Pourriez-vous surseoir ? Remplacer cette mélodie par un autre que vous joueriez ultérieurement ?

— C'est assez irrégulier… mais comme je n'ai pas commencé l'exécution, admettons. Attention. Je vous fais une fleur. Une fois, mais pas deux !

— D'accord, promis, murmura Amator qui transpirait soudain à grosses gouttes. Donc, je n'ai plus droit qu'à trois morceaux…

— Vous comprenez vite…

— Pourquoi ?

— Mais… parce que vous avez épuisé votre compte.

— J'ai un compte ?

— Évidemment…

— Puis-je le réalimenter ?

— Cela va de soi.

— Comment puis-je y parvenir ?

— Vous devez effectuer une libation solennelle et publique en l'honneur de Cerberos le Magnifique, au-dessus de son cénotaphe. Un montant de cent unités créditera dès lors le compte.

— Et où se trouve le mausolée de Cerberos ?

— Ho ! Hé ! Je suis une viole, pas une encyclopédie.

— Et comment réaliser cette offrande ?

— J'aurais cru que tout le monde le saurait. Enfin… Au milieu de la nuit, placez quatre bougies allumées aux coins du monument, brûlez un peu d'encens, invoquez l'esprit de Magnus Cerberos, renversez une coupe de vin rouge capiteux sur la tombe de mon créateur et proclamez : « Magnus Cerberos, enchanteur exceptionnel et majestueux, je proclame ta puissance devant tous. Jamais le peuple de Mora ne t'oubliera. Puissent les effets de ta magie ainsi que ta renommée traverser les siècles ! » Voilà.

— C'est tout ?

— Oui… Pour le vin, évitez la piquette. Un bon Galineau de Sipar devrait convenir.

— Votre concepteur avait des goûts de luxe…

— Peut-être. Je le trouvais sympa. N'offensez pas sa mémoire.

— Loin de moi cette idée.

Amator rangea l'instrument de musique devenu silencieux, s'assit sur un banc et se prit la tête entre les mains. Plus qu'une semaine avant le début des examens… Il devait interpréter au moins une dizaine de morceaux pour réussir à passer en troisième année… Impossible d'apprendre à jouer vraiment de la viole de ventre en sept jours. Il devait donc réactiver son compte, et dès lors commencer par se renseigner sur Magnus Cerberos et sa dernière demeure.

Il se mit à la recherche d'Hatana Tartabosaga, son professeur d'histoire de la sorcellerie. Il le retrouva peu avant midi, dissimulé dans une encoignure de l'immense bibliothèque de l'ISO, l'Institut des Sciences Occultes. L'homme, un Hind âgé au visage fripé et aux cheveux blanchis, se tenait assis sur un tabouret, penché sur un gros volume éclairé par un feu follet vert pomme. Sur un coin de sa table, une tasse de thé refroidi tenait compagnie à une assiette où reposait une tranche de cake à moitié grignotée. Amator toussota et le professeur releva la tête. L'enseignant cligna des yeux et murmura :

— Ah, Amator Valanthyr. Comment vous portez-vous ?

— Bien, révéré maître. Je vous remercie. Puis-je bénéficier de votre immense érudition ?

— Sans doute. L'Empereur me paie pour vous apprendre le peu que je sais.

— Connaissez-vous un dénommé Magnus Cerberos ?

— Ce vocable évoque un souvenir, marmonna l'éducateur. Un mage de second ou troisième ordre du début de l'ère des merveilles. Pourquoi vous intéresse-t-il ?

— Simple curiosité.

Le professeur scruta le visage d'Amator, une lueur rusée dans le regard et grommela :

— Curiosité, hein… non, je n'y crois pas trop. Que recherchez-vous exactement ?

— Son lieu d'inhumation…

— De plus en plus étrange. Si vous me disiez de quoi il retourne.

— Je ne peux. Cela concerne un pari entre étudiants…

— Voyez-vous cela… Cerberos m'évoque aussi une rumeur, ou plutôt une légende… voyons…

Il écarta l'incunable qu'il consultait, dégaina sa baguette, la pointa en direction d'une muraille de bouquins à la livrée uniforme et effectua quelques passes en chantonnant un sort. Un volume se détacha de la bibliothèque, vola sur trois mètres, se posa sur la large table et s'ouvrit en son premier tiers. Le mage historien se pencha en marmonnant :

— Je n'ai pas perdu la main… pile sur l'article. Voilà… « Magnus Cerberos, le musicien prodige ». Hum… Ses collègues le tournaient en dérision pour son manque de rythme lors de l'exécution de ses sorts… Il revint un jour de Tenebras, sa ville natale, capable de jouer à la perfection les morceaux les plus difficiles. Personne ne comprit comment il s'y prenait… Un homme assez imbu de lui-même, décédé voici trois cent deux ans. Son fils Cerberos l'indolent lui succéda… apparemment un incompétent de première… tué dans un accident de chasse cinq ans après la mort du père…

— Mais où Magnus Cerberos se trouve-t-il enterré ?

— Le livre ne le dit pas… Je vous suggère de lire la presse de l'époque. Le quotidien Tempus di Mora existait déjà et ils disposent d'excellentes archives. Vous pourriez également vous renseigner auprès de l'administration des catacombes impériales, mais ce ne sera pas gratuit… Vous ne voulez pas m'en dire plus ?

— Désolé. Mes lèvres sont scellées…

— Hum… Montrez-vous prudent. Les catacombes ne sont pas sûres… Les goules, zombies et vampires s'y rassemblent de nuit, sans parler des adeptes de cultes ésotériques.

— Je limiterai mes investigations à la journée. Merci professeur.

* * *

Les bureaux du quotidien Tempus di Mora se trouvaient dans un bel immeuble de six étages à la façade immaculée, érigé non loin du cirque. Ses fenêtres s'ouvraient sur la statue colossale de l'empereur perpétuel dont la tête seule était remplacée à chaque fois que Mora se donnait à un nouveau maître. Haute de vingt-quatre mètres, la sculpture monumentale de bronze verdi arborait pour le moment les traits austères de Philémon II. Des légionnaires postés autour de son socle de granit vérifiaient que chaque passant saluait avec déférence ce symbole du pouvoir impérial. Amator s'acquitta de la marque de respect extérieur requise, et se dirigea vers les locaux du journal. Il présenta sa carte d'étudiant au portier qui le laissa entrer comme à regret. Un minuscule dragonnet pourpre guida le Hind jusqu'à la salle des archives. Au bout d'une heure, il découvrit finalement l'information qu'il recherchait dans un court entrefilet.

— À l'instigation de son fils aimant, les pompes funèbres impériales ont inauguré ce jour le cénotaphe du vénéré Magnus Cerberos disparu en mer voici un an. Le monument de marbre, orné sur toutes ses faces de hauts-reliefs qui retracent la vie du magicien, se trouve dans la septième galerie du troisième niveau, section C7. La rédaction du Tempus di Mora se joint à la famille du défunt pour adjurer ses anciennes connaissances de lui rendre un dernier hommage avant que le caveau soit scellé. »

Amator relut le court texte une seconde fois. « Zut ! Songea-t-il. Ils ont muré la grotte ! »

Il nota les coordonnées sur un petit carnet et sortit précipitamment des locaux du journal. Il traversa à pied la moitié de la ville avant d'atteindre la Porte Antonia. Amator passa devant les légionnaires de garde nonchalamment appuyés sur les hauts battants de bois cloutés de fer et marcha dans la campagne pendant une heure jusqu'à l'enceinte circulaire qui délimitait la résidence des morts, située à proximité des entreprises de tannerie qui empuantissaient l'air.

Les catacombes de Mora, à l'origine de simples carrières d'où provenait la pierre blanche utilisée pour la construction de la cité, servaient à l'inhumation des défunts depuis des temps immémoriaux. Les légendes racontaient qu'elles constituaient un don des dieux et existaient avant même que les humains peuplent l'agglomération, elle-même supposée créée avant l'arrivée des Morains. Amator, qui se considérait comme une personne de bon sens, doutait fortement de ces contes. Il ne croyait certainement pas à celui qui narrait l'entrée des premiers Morains dans une ville déserte conçue à leur attention par les divinités qu'ils honoraient. Il évitait toutefois d'étaler cette opinion en public, car elle pouvait lui valoir des remarques acerbes, voire quelques horions de la part de patriotes morains qui voyaient en cette histoire la confirmation de la destinée manifeste de leur cité à dominer l'ensemble du monde connu.

Il abandonna ses réflexions quand il arriva devant le poste de contrôle des catacombes. Il s'arrêta face à une énorme porte close qui se dressait entre deux tours et tira sur une corde reliée à une cloche. Le tintement amena à la fenêtre du premier étage un Morain d'une trentaine d'années, au teint bronzé et aux cheveux noirs crollés, revêtu de la livrée ténébreuse des thanatopracteurs.

— Que voulez-vous ? Aucun convoi funéraire n'est prévu aujourd'hui.

— Je suis étudiant à l'ISO et désire présenter mes respects à un mage défunt.

— La visite coûte deux as.

— Pas de problème.

Le visage de l'homme se ferma et il disparut. Quelques instants plus tard, un portillon s'ouvrit dans le vantail de gauche de la majestueuse porte cochère et l'employé invita le Hind à entrer. Amator lui paya la somme convenue et l'autre lui remit un plan général de l'endroit en précisant :

— Marchez le long de l'allée bordée de sphinx jusqu'à la rotonde principale. Vous trouverez en son centre un escalier qui vous mènera à la première cave circulaire où vous emprunterez le tunnel marqué HADÈS qui descend en pente douce. Il suit un tracé hélicoïdal et donne régulièrement accès à des souterrains moins larges. Des bornes indiquent les niveaux et des panneaux les galeries d'où partent des boyaux eux-mêmes désignés par des lettres gravées dans la pierre. Je suppose que vous savez générer un feu follet...

— Oui, évidemment. Je me rends à cet endroit, ajouta-t-il en ouvrant son carnet. Est-ce loin ?

Le préposé regarda dubitativement la page où s'étalaient les coordonnées et se gratta la tête avant d'annoncer :

— Vous en avez pour une demi-heure. Ne vous attardez pas trop sur place. Une fois dans l'obscurité totale des catacombes, la notion de temps paraît s'abolir. Et restez sur vos gardes. Normalement, les vampires dorment à cette heure, mais nous avons déjà eu affaire à quelques insomniaques... Je vous le dis comme je le pense : je ne descends jamais là-dessous tout seul. Nous sommes au moins cinq à chaque inspection.

— Merci pour l'information, marmonna l'étudiant en magie.

Plutôt refroidi, Amator suivit néanmoins les instructions du fonctionnaire. Après cinq minutes de progression dans un silence oppressant que ne troublait que le léger bruit de ses pas et une obscurité effrayante que son feu follet repoussait avec difficultés, il devint excessivement nerveux. Il tressaillait à chaque son suspect. Il avait dégainé sa baguette réglée sur les élémentaires du feu, et se tenait paré à tirer. Au bout d'une longue marche, il arriva au lieu-dit et découvrit avec une joie mêlée de curiosité et d'inquiétude que le mur qui protégeait le cénotaphe s'était éboulé. Il songea d'abord à un effondrement dû à la vétusté, mais un examen plus attentif des restes de la paroi lui permit de déceler des coups de pioche et de barre à mine sur certaines des briques éclatées. Quelqu'un l'avait donc précédé... Il éclaira de son feu follet le tombeau monumental inhabité, un parallélépipède de marbre blanc veiné de gris, sculpté sur ses faces latérales de hauts-reliefs qui dépeignaient Magnus Cerberos en étudiant à l'ISO, en compagnie de son épouse devant son manoir, en voyage à Ténébras, en professeur de magie à l'ISO, et enfin prêt à embarquer sur la nef fatale qui l'entraîna dans la mort lors de son naufrage. L'épais couvercle de marbre supportait une statue polychrome grandeur nature de Cerberos accroupi, dépeint à l'âge de son décès. Il tenait dans ses mains une viole de ventre identique à celle qu'avait reçue Amator. Face à la représentation du défunt, une dépression creusée dans la dalle funéraire, marquée par le dessin d'une coupe gravé dans le travertin, indiquait l'endroit où verser les libations en son honneur. « Bien, tout semble simple, songea Amator. Mais l'esprit a précisé que l'offrande devrait s'effectuer de nuit... »

Il regagna hâtivement la surface, et revit avec soulagement le soleil quand il émergea du sol de la rotonde. Il suivit l'allée bordée de sphinx au sourire énigmatique jusqu'au poste de contrôle. Une demi-douzaine de thanatopracteurs vêtus de leurs tuniques noires officielles s'étaient installés en pleine lumière sur une terrasse improvisée et déjeunaient de bière et de saucisses. Le mage saliva. Il n'avait rien mangé depuis le matin. Il ouvrit la bourse qui pendait à sa ceinture et proposa de partager le repas des préposés. Leur chef, un Gallic de près de deux mètres de haut, accepta un sesterce et l'invita sur un ton bourru à s'asseoir à leur table. Tout en dégustant une saucisse qui sortait à l'instant du gril et en grignotant des légumes confits, l'étudiant posa quelques questions.

— L'endroit se trouve vraiment isolé et je n'ai pu m'empêcher de remarquer nombre d'objets de prix lors de ma descente en sous-sol. Ne craignez-vous pas les voleurs ?

Les thanatopracteurs éclatèrent d'un rire homérique, et leur chef, après avoir essuyé une larme qui perlait au coin de son œil droit, répondit en se gaussant :

— Non ! Certainement pas ! Le lieu, déjà dangereux de jour, devient carrément mortel la nuit. Les goules, vampires et zombies hantent les sous-sols, et pour faire bonne mesure, nous relâchons les khânes à la surface avant de nous retirer. Le matin, ils regagnent leurs cages, car nous y déposons de la viande pour les y attirer.

— Les khânes ?

— Finissez votre saucisse et votre bière ! Je vais vous les montrer.

Le géant aux cheveux roux le conduisit vers un vaste bâtiment annexe intégré dans la muraille qui entourait le cimetière. Il sortit un trousseau de clés, ouvrit une porte massive bardée de fer et murmura la formule simple qui allumait les feux follets. Amator vit une rangée de cages aux barreaux épais de plus de deux centimètres, certains marqués de traces de dents. Dans chacun des enclos, allongé sur de la paille fraîche, dormait un gigantesque chien bicéphale au pelage noir et orange, ses quatre yeux clos. Les animaux magiques soupiraient dans leur sommeil. Le Gallic sourit, marmonna la formule d'extinction des feux follets et invita le Hind à sortir. Alors qu'il raccompagnait l'étudiant vers la porte, il ajouta :

— Vous comprenez pourquoi nous avons ri. Chacune de ces charmantes bestioles pèse dans les deux cents kilos et atteint néanmoins le soixante kilomètres à l'heure en douze secondes. J'en ai vu un casser un fémur de bœuf d'un seul coup de dent.

— Et vous les relâchez dans l'enceinte toutes les nuits…

— Dès le coucher du soleil. Un dispositif externe permet d'ouvrir toutes les cages ainsi qu'une large porte coulissante. Le matin, nous leur balançons des quartiers de viande par des orifices dissimulés dans le mur et ils regagnent leurs enclos où nous les enfermons, toujours depuis l'extérieur. Vous voyez, simple et efficace.

— En effet…

Amator, alors qu'il marchait vers la cité, agitait de sombres pensées sous son crâne. Une expédition nocturne lui paraissait téméraire, mais il ne pouvait renoncer à son destin de magicien. Peu à peu, un plan se développa dans son esprit.

* * *

Le lendemain au coucher du soleil, il quitta la ville à bord d'une charrette tirée par un âne, sous le regard étonné des légionnaires de garde. Alors que l'astre du jour jetait ses derniers feux, il gara son véhicule derrière une masure en ruine et attendit. La guimbarde qui ramenait les thanatopracteurs à Mora ne tarda pas à passer. Une fois qu'elle se fut éloignée, il se rendit au cimetière. En ahanant et jurant, il débarqua les carrés de bœuf de sa carriole et les traîna jusqu'aux ouvertures pratiquées dans le mur où il les balança. Il entendit bientôt un rugissement suivi d'une série d'aboiements frénétiques. Trois minutes plus tard, les khânes avaient tous regagné leurs cages et il actionna le mécanisme de fermeture. Toujours en grommelant, il déchargea de la charrette deux échelles qu'il posa sur le faîte de l'enceinte de trois mètres de haut qui entourait les catacombes. Une fois au sommet de la première, il fit coulisser et basculer la seconde sur le sommet du mur et la descendit avec grande peine à l'intérieur. Il retourna ensuite s'équiper de sa viole de ventre et escalada l'obstacle. Tremblant et transpirant, précédé par un feu follet, il emprunta l'allée des sphinx jusqu'à la rotonde et s'enfonça dans les souterrains.

Une demi-heure plus tard, il se trouvait devant le cénotaphe, surpris de n'avoir effectué aucune rencontre déplaisante. Il déboucha la bouteille de Galineau rouge vieille de dix ans qui lui avait à elle seule coûté autant que la location de la charrette, et accomplit le rituel. Il s'apprêtait à repartir quand les yeux de la statue de Cerberos s'illuminèrent d'une belle couleur ambrée. Amator sentit ses cheveux se dresser sur sa tête, au moins pour la troisième fois depuis son entrée nocturne dans les souterrains. Il resta figé, sa baguette à la main. La représentation du mage défunt s'étira, le regarda et s'esclaffa :

— Encore un tricheur, s'exclama-t-il. Eh bien, tu n'auras pas agi en vain. Ta viole se trouve à présent rechargée pour son propriétaire suivant.

— Pardon ?! Mais l'esprit de la viole m'avait dit…

— Que la libation rechargerait le compte ? En effet, mais pas pour toi !

— Mais… c'est scandaleux !

— Cela se discute…

— Mais, pourquoi ce traquenard ridicule ? J'ai pris des risques insensés pour vous offrir cette libation !

— Et je t'en remercie, qui que tu sois. Je constate avec plaisir que des personnes songent encore à moi plus de trois cents ans après mon décès. Je conçus ce petit piège pour deux raisons : me prémunir de l'oubli et punir les tricheurs. En effet, au soir de ma vie, je me repentis amèrement d'avoir construit cette viole enchantée que je ne pus cependant me résoudre à détruire. Considère ma plaisanterie posthume comme un avertissement et va en paix.

44

Amator fut un moment tenté d'anéantir dans une gerbe de flammes la statue qui avait retrouvé son immobilité, mais y renonça finalement. Il regagna la surface en pestant, grillant un vampire au passage, récupéra ses échelles et libéra les khânes qui se ruèrent à nouveau dans l'espace laissé à leur garde. Il passa une nuit fraîche à la belle étoile et rentra au petit matin dans Mora, à l'ouverture des portes. La veille de son premier examen, il contacta son professeur de musique magique et lui avoua toute l'histoire sur un ton penaud. Xian Peï, d'abord courroucé, finit par rire de la mésaventure de son étudiant et conclut :

— Vous avez voulu prendre un raccourci et vous vous êtes planté. J'applaudis votre inventivité et votre courage, mais je déplore votre manque d'honnêteté. J'espère que cette malheureuse affaire vous servira de leçon. Bien entendu, vous n'accéderez pas à la troisième année, mais je vous autorise à redoubler à condition que vous me confiiez cet intéressant instrument de musique. Je suis curieux de ce qu'il m'apprendra.

Dépité, Amator accepta le marché et abandonna à son professeur la viole de ventre enchantée. Il demeura l'année suivante un modèle d'honnêteté et de travail, ce qui lui permit de passer de justesse en troisième. Au seuil de cette année supplémentaire, il renonça cependant à ces bonnes résolutions qui ne correspondaient guère à sa nature profonde.

FIN

Succession Magique

Jules Edmond-Abel

— Je laisse tout sur place, tu m'entends ?... Par les quatre dragons, faites-en ce que vous voulez après mon départ, je m'en contrefiche !

Les mots du vieux mage résonnent encore dans mes oreilles et bien que ses colères fussent devenues de plus en plus fréquentes, celle-là était mémorable.

Après trente années de service auprès de la maison du roi, mon maître avait décidé de son propre chef d'abandonner la charge de premier enchanteur. Le jeune monarque le regretterait sans doute, et bien que mon maître s'en soit toujours défendu, le sentiment serait réciproque. Mais les conflits incessants provoqués par la propre mère du roi avaient eu raison de la plus grande des patiences.

— Mon successeur te trouvera bien une place. Tu apprends vite, Nibellore, je ne m'inquiète pas pour toi…

Être apprenti du premier enchanteur était un honneur, mais la charge de travail assez considérable. Je passais mes matinées à apposer des sceaux magiques sur le courrier royal et ouvrir les plis que nous adressaient les chancelleries depuis les royaumes voisins et parfois hostiles.

Mon maître m'avait appris à déceler les missives suspectes, celles qui avaient été décachetées en douce, puis scellées de nouveau de manière maladroite. Peut-être cela vous surprendra-t-il, mais il s'agissait le plus souvent d'affaires de cœur et cela nous amusait à chaque fois.

— Tu donneras ceci au roi en personne, je n'ai confiance qu'en lui !

Mon maître prit un bout de parchemin à demi-chiffonné et d'une main nerveuse, inscrivit le nom du mage qu'il souhaitait recommander pour prendre sa succession.

— Voilà le moins incapable ! cria-t-il avec une ironie mauvaise. Et tu ne seras pas le moins surpris…

Bien que je fusse tout près de lui, je n'étais pas parvenu à déchiffrer le nom transcrit en vieilles lettres magiques. C'était un nom interminable, comme le sont ceux des mages. Un nom d'apparat qui se trouve attribué lors d'une grande cérémonie à tous ceux qui parviennent avec succès au bout de leur laborieux apprentissage.

Bien sûr, en d'autres circonstances j'aurais pu utiliser quelque subterfuge de la profession pour augmenter mon acuité visuelle et lire enfin le nom de l'heureux élu, mais lancer un sort de première année dans le dos d'un maître du plus haut grade était risquer de se trouver dans la seconde pendu la tête en bas au battant de la grande cloche du donjon, et croyez-en mon expérience, cela est très désagréable.

Le vieil homme roula le parchemin, le plaça dans un coffret doré qu'il avait vidé sans ménagement des parures et des bijoux qu'il contenait, puis scella le tout d'une passe rapide, effectuée avec un art consommé de la sécurité des correspondances.

J'avais tout juste pu déchiffrer que le nom commençait par un « A ». Quant au mien, je n'y songeais pas encore. Mon nouveau maître serait celui qui devrait au terme de mon apprentissage me présenter à l'assemblée des mages pour éventuellement y être admis. A ce moment seulement on m'affublerait d'un nom propre à la guilde. Ceux qui commencent par la première lettre de l'alphabet sont les pus prometteurs, m'avait-on dit...

Quoi qu'il en soit, pour la suite de mon parcours il me serait indispensable de nouer avec mon nouveau mentor des liens de confiance allant bien au-delà du simple coup de main. Malgré toutes ces années d'études, je commençais à désespérer de devoir tout recommencer à zéro.

L'appel avait été envoyé aux quatre points cardinaux. Mon maître s'était retiré au-delà des montagnes blanches pour finir sa vie loin du tumulte de la cour et la succession était ouverte. Elle répondait à des règles bien précises de manière à laisser leur chance à tous les candidats en possession d'un grade authentique de mage. Il n'y avait pas de place pour les charlatans, les imposteurs de tous poils, ni les chattemites. Le roi devait pouvoir compter sur un premier enchanteur performant et en qui il pourrait avoir toute confiance.

Il était convenu que je conserve ma place d'assistant, mais cela n'avait fait que me rendre plus nerveux à mesure qu'approchait la date des auditions.

C'était une belle après-midi d'automne. Le vent prélevait avec douceur quelques feuilles jaunies des ornes de la cour principale. Depuis la tour des sortilèges, j'avais surveillé l'arrivée des candidats. Trois des meilleurs magiciens du royaume avaient répondu à l'appel pour revêtir la charge de premier enchanteur qui couronnerait leur carrière. Je ne pouvais m'empêcher de penser à mon maître absent et sentais le sang courir dans mes veines avec vigueur. Être sous sa coupe n'avait pas toujours été facile, mais au moins je connaissais son caractère, ses marottes et son registre de punitions par cœur.

À l'heure prévue, je descendis dans la grande salle. Tous les préparatifs avaient été accomplis, au crin de cheval près, par un bataillon de domestiques sous la supervision impitoyable du maître du protocole qui, soit dit en passant, avait été un temps l'amant de la reine mère, mais cela, je n'étais pas sensé le savoir et encore moins vous en faire la confidence.

Les plus éminents conseillers étaient là, non loin du trône encore vide, conversant à mi-voix. Les serviteurs se tenaient en retrait, près des colonnades qui délimitaient le vaste espace central. C'est là que les prétendants devraient faire assaut de conviction pour emporter les suffrages de la cour royale.

Dans un uniforme bariolé, le chambellan frappa le sol d'une canne pour annoncer Sa Seigneurie. Le jeune roi s'avança. Comme souvent, il était pâle et paraissait tendu. Sa fraîche barbe blonde avait pris du volume, mais peinait à cacher une mine inquiète. Il s'arrêta à mi-chemin pour soutenir la reine, son épouse, enceinte jusqu'aux dents de son deuxième enfant. La reine mère ne tarda à pas à les rejoindre sur l'estrade comme l'avait laissé prévoir le fauteuil richement rembourré disposé près du trône. Le silence se fit plus intense encore, comme à chaque fois qu'elle mettait les pieds quelque part.

La petite princesse entra à son tour avec sa dame de compagnie. Dans les rangs, il y eut des commentaires sur sa belle chevelure et pour ceux qui ne l'avaient pas vue depuis quelque temps, sur sa remarquable croissance. Elle se plaça sur le bord et fut rejointe pour quelques caresses par un majestueux chien de chasse, presque aussi grand qu'elle.

Enfin le roi prit place sur le trône, donnant le signal pour le reste de l'assistance pouvant bénéficier d'un siège, et fit signe à un domestique. Un vieux valet de chambre de la plus haute confiance parut dans la lumière et déposa le coffret à bijoux de mon maître sur une petite table au côté du roi. Mon cœur s'emballa. C'était le coffret que j'avais remis, ou plutôt fait remettre au roi, avec toutes les recommandations. L'accès direct au monarque m'avait été défendu, car un assistant enchanteur n'est pas et ne sera jamais un notable. L'objet me paraissait intègre et si mon maître avait bien fait son travail, seuls le roi et moi-même sans doute, pouvions ouvrir le coffret sans qu'il nous brûle les doigts jusqu'à l'os.

Le premier mage fut appelé. Un vieux barbon au regard d'acier. Sans dire mot, il me tendit une plaque de cuivre sur laquelle était gravé son nom en lettres de l'art.

J'annonçai « Algatho-Ramanuthan » en espérant ne pas m'être trompé de plus d'une syllabe. Il enchaîna tout de suite en déclinant ses titres et se prétendit maître alchimiste. D'un geste, la reine mère le força à abréger son discours. Avec une certaine morgue, il demanda si l'on avait préparé ce qu'il avait requis pour sa prestation. Presque vexé, le maître du protocole fronça les sourcils et tapa dans ses mains pour faire ouvrir une porte latérale. Devant l'assistance quelque peu intriguée, un lourd chariot tiré par un âne qui n'était pas de la première jeunesse alla se placer devant le trône royal.

On déversa le contenu du chariot sur un tapis : des fourches de paysans, un soc de charrue, des chaînes, des pièces ordinaires et même des statuettes de cuivre sans grande valeur. Le monticule de métal n'avait pas grande allure en un lieu aussi prestigieux.

Le temps de cette mise en place, le mage avait disposé près de lui un assortiment de fioles contenant des liquides colorés qu'il manipulait avec précaution. Il faisait passer les essences d'un récipient à un autre tout en se référant de temps à autre à un vieux grimoire. Les dosages étaient précis et des senteurs mêlées de fleurs exotiques et d'œuf pourri commençaient à nous chatouiller les narines. À l'aide d'un feu de brindilles, il commença à distiller sa savante mixture à travers un serpentin de verre.

Lorsque la quantité fut suffisante, il but d'un trait le liquide recueilli et alla se placer au pied du monticule. Le mage fit passer le liquide d'une joue à l'autre, les faisant se gonfler d'une manière qui fit rire la princesse aux éclats avant que sa grand-mère ne la rappelle à l'ordre.

Parvenu au terme de son processus, l'alchimiste fit encore quelques pas et recracha soudainement le liquide en postillons devant lui. Le subtil nectar retomba en pluie sur les pièces de métal qui prirent dans l'instant un éclat nouveau. Lorsque le mage eut terminé, le fatras misérable digne d'un rebut de corps de ferme irradiait maintenant d'une lumière jaune, brillante au point de rivaliser avec le soleil.

Tous les regards convergeaient vers cette merveille. La collection d'objets si vulgaires semblait maintenant de la plus haute noblesse. N'y tenant plus, le roi en personne descendit de l'estrade pour examiner cette splendeur. Il prit une simple pioche à biner la terre, la fit tourner entre ses doigts, osant à peine la toucher tant elle étincelait. Puis il se baissa pour ramasser une poignée de pièces de monnaie avec lesquelles on peut tout au plus acheter quelques navets pour faire la soupe. Ses yeux reflétaient l'éclat nouveau du métal.

— De l'or !... Tout ceci est de l'or ! dit le roi en se tournant vers sa cour.

 Toutes ces personnes de haut rang étaient ébahies, tant du tour de force magique que de voir subitement un tel amas de richesses à leurs pieds. Le surintendant aux finances en avait presque la larme à l'œil.

J'observais le mage qui cachait dans sa barbe un air satisfait. Il était clair qu'il avait fait la démonstration de sa puissance et au-delà, de la primauté des alchimistes sur les autres corporations.

Le roi salua le maître des métaux avant de reprendre place sur son trône. L'alchimiste s'empressa alors de demander que l'on débarrasse le trésor. A sa manière de parler, je le sentais tendu et cela ne me plaisait guère.

La reine mère s'agita, se tourna de part et d'autre, prit à témoin son voisin, avant de finir par se lever.

— Attends, magicien ! Ne trouves-tu pas que cette chaîne a déjà perdu de son éclat ? dit-elle en désignant une des pièces les plus grossières du lot dont on ferre aux pieds les bêtes fauves ou les prisonniers. Je la trouve bien terne à côté des autres...

— C'est peut-être la noblesse de l'objet, madame, il serait corrompu par nature, glissa le prévôt en charge de la justice.

— Je crois plutôt qu'il s'agit d'un phénomène bien connu, expliqua le surintendant. On le nomme inflation. Nous l'avons sous nos yeux, la création monétaire génère cette inflation qui grignote le trésor petit à petit…

Tandis que chacun y allait de son explication, le mage faisait signe aux domestiques de se dépêcher à faire place nette. Ayant compris son manège, je glissai un mot au gamin qui menait le chariot et au grand dam du maître alchimiste, l'âne parut ne plus vouloir bouger d'un pas.

Il ne s'écoula guère de temps avant que le miraculeux trésor ne perde sa belle robe d'or et que chaque objet ne revienne à l'état ordinaire d'où on l'avait tiré.

Comme mon maître me l'avait enseigné, les tours des alchimistes sont aussi brillants que provisoires et n'ont pour but que de faire rêver les plus cupides des hommes. Le roi avait déjà perdu son sourire et pour ne pas perdre la face davantage, se contenta d'un geste de la main qui congédia l'ambitieux impétrant.

Il était temps d'introduire le candidat suivant. Un homme rondouillard et de petite stature qui arborait une couronne de cheveux hirsutes sur le pourtour du crâne tandis qu'une collection de rides donnaient à ses yeux un air plein de malice.

Il me tendit une bille de verre gravée de son nom en petites lettres.

— Vous devez avoir une très bonne vue, dis-je alors que je peinais à déchiffrer les caractères.

— Bien entendu, j'appartiens à la confrérie des visionnaires !

J'annonçai « Armolo-Maronathan », un nom qui pouvait être celui que mon maître avait inscrit sur le parchemin mis à l'abri dans le coffret, mais je n'en avais aucune certitude.

Sous une cape étoilée de la dernière mode parmi les mages, il avait dissimulé une sphère translucide qu'il déposa avec soin sur un support argenté orné de motifs ancestraux. Avec un air qui sentait la fausse modestie à plein nez, l'homme prétendit lire l'avenir.

L'assistance frémit, manifesta de l'étonnement : jamais un premier enchanteur n'avait prétendu obtenir un tel résultat. Les bohémiennes itinérantes, les charlatans de foire, oui, c'était là leur principal fonds de commerce, mais jamais un noble magicien du roi ! Chacun dans son domaine mesurait les avantages que cela pouvait conférer dans les affaires du royaume. C'était vertigineux !

Après avoir demandé la permission, un auguste conseiller prit la parole. Il voulait connaître la méthode employée, car lui-même avait fait appel à la divination à de multiples reprises et d'après ses dires, ne s'était jamais entendu dire autre chose que des généralités. Heureux de l'intérêt qu'on portait à son travail, le visionnaire affirma s'appuyer sur les ondes magiques qui ceignent notre monde, en exploiter les différences d'intensité, de pression, de vitesse, et que sa technique empreinte de rigueur n'avait rien de commun avec ces diseuses de bonne-aventure qui dépouillent les pauvres gens de leur dernier sou pour la promesse d'une heureuse nouvelle.

Sans attendre, il enchaîna sur sa démonstration : jeu de passes, mines de théâtre, diction spectaculaire, tout le registre du mage de pacotille trouva à s'exprimer, mais revêtu des oripeaux de la science.

Puis la sphère vint à se troubler, parcourue de courants complexes de vapeurs et de couleurs, et après un moment trouva une sorte d'équilibre et se figea. On aurait dit une boule de porcelaine avec ses tâches et ses nervures. C'était d'une grande beauté, certes, mais que cela signifiait-il donc ?

— Sire, voilà l'avenir ! annonça le visionnaire.

— Peut-être bien... mais d'ici je ne vois pas grand-chose, objecta le roi.

Le mage invita alors le souverain à s'approcher de la sphère.

— Voyez sire, les contours de votre royaume... On reconnaît sans peine les montagnes blanches, la région des grands lacs que vous aimez tant, et ici l'on distingue parfaitement la capitale où nous nous trouvons en ce moment même...

Bien qu'il dût plisser les yeux pour se convaincre de reconnaître ces paysages familiers, le roi se montra intéressé. Sous le regard attentif et rieur du mage, il fit le tour de la sphère à la recherche de nouveaux détails, avant de pointer du doigt un endroit précis.

— Et cette grosse tache blanche, qu'est-ce donc ? demanda-t-il.

— C'est très simple, sire, il s'agit de nuages, de simples nuages... Il pleuvra bientôt sur vos belles collines de l'Ouest...

Craignant l'entourloupe, je préférais dévisager les membres de la table d'honneur. La reine mère affichait une de ces grimaces désagréables que l'ensemble de la cour avait appris à déchiffrer depuis longtemps. Le propos acerbe ne tarda pas à tomber.

— Autrement dit, lâcha la marâtre, toute votre science a pour finalité de nous dire le temps qu'il fera demain !

Enchaînant, le roi s'interrogeait aussi :

— Et ne serait-il pas possible de voir l'avenir de plus près ?... Distinguer les contours du château, ses habitants...

Il se tourna ensuite vers sa jeune épouse et continua :

— Voir enfin si, après notre délicieuse fille, nous aurons un héritier à donner au royaume ?

Le mage ne se départait pas d'un sourire de façade, mais il était évident qu'il se trouvait confronté à une difficulté de taille.

— Sire, il faudrait voir là de toutes petites choses… répondit-il en faisant glousser l'assistance.

— Soit, mais ce poste de premier enchanteur doit être utile à la marche du royaume. Pourrait-on voir s'animer autre chose que les nuages ou les feux de forêt ?

— C'est possible, sire ! insista le mage avec un rictus de victoire.

— Alors, montrez-moi ! Vous allez me rendre impatient…

— Sire, il faudrait pour cela une autre sphère de verre, en tout point semblable à celle-ci, mais beaucoup plus grande. Elle rayonnerait des murs jusqu'au toit de cette salle et ce serait un spectacle saisissant…

— Pouvez-vous alors l'amener ici, que l'on puisse voir cette merveille ?

— Non, sire, je le crains.

— Comment cela ? Et si je vous l'ordonne ?

— Sire, c'est qu'elle reste à construire…

On entendit un long soupir dans l'assistance, la déception était profonde.

— Trouvons d'abord des géants pour souffler le verre ! lança la reine mère.

— Et je suppose qu'il faudrait employer des matériaux rares pour réaliser une telle chose, continua le surintendant. On nous a déjà fait le coup, du sable des pays chauds que l'on ferait venir par bateaux en espérant qu'ils ne se fassent pas mettre par le fond par les pirates… Ce genre d'aventures est en général très mauvais pour nos finances !

Les moqueries se succédaient, chacun voulait avoir des détails, des explications, forçant le visionnaire à aller d'un bout à l'autre de la salle, agitant ses bras tel un moulin par grand vent, dessinant sa sphère imaginaire. C'en était devenu pathétique.

Le sablier en bout de table cessa de couler, indiquant que le temps imparti au candidat avait expiré tout comme les rêves du Roi et de la cour de connaître l'avenir. Il dut laisser place au suivant.

Lorsque le dernier candidat se présenta devant la noble assistance, il y eut un bruissement de surprise. Dans une ample robe blanche, c'était une femme aux longs cheveux blancs tombant de part et d'autre des épaules qui s'avança. Parvenue au centre, elle fit un semblant de révérence en direction du roi. Malgré son âge avancé, ses yeux d'émeraude ressortaient de façon magnifique sur un visage serein et plein de sagesse.

Jamais une femme n'avait occupé ni même postulé pour la charge de premier enchanteur. D'un geste doux, elle enfouit une main dans sa chevelure et en retira une plume de colombe qu'elle me tendit. Sur cette plume était inscrit à la cendre son nom de mage. Nul doute, il s'agissait d'une druidesse. Je ne connaissais pas grand-chose de leurs coutumes ancestrales, car ils forment une société très secrète, confinée dans les forêts et vivent le plus souvent en ermites loin de toute civilisation.

J'annonçai « Assiona-Romathunan », un nom tout aussi mystérieux que les autres. Je ne pus m'empêcher de jeter un œil au coffret près du roi. La recommandation de mon maître qu'il contenait serait donc une surprise totale pour le pauvre étudiant en magie que j'étais.

— Sire, il n'y a jamais eu de femmes à ce poste, glissa un conseiller. Est-on certain qu'il ne s'agit pas d'une de ces maudites sorcières qui pullulent dans nos campagnes ?

La jeune reine se renfrogna. Éloignant pour un instant les mains de son ventre rond, elle choisit d'intervenir :

— Cette femme, comme vous dites, est inscrite au grand rôle des mages comme le prouve son nom improbable. Et puis, vous remarquerez qu'elle se présente devant nous sans faire toute une cérémonie !

Pour finir de convaincre la cour, la candidate fit état de ses titres. Il s'agissait d'une druidesse du plus haut rang, fille d'un ancien maître de la guilde.

— Druide, vous dites… relança la reine mère toujours à l'affût. Je ne crois pas qu'une personne de votre condition accepterait de vivre enfermée dans un château, fût-il le nôtre !

— Effectivement, concéda la druidesse sans se démonter, je me contenterai d'une cabane dans le jardin et laisserai la tour des sortilèges aux étudiants.

La tour des sortilèges pour moi seul ?... Mon cœur fit un bond !... Rendez-vous compte : tous ces sorts, toutes ces malédictions invoquées ou déjouées depuis tant d'années en ces lieux, comment donc pourrai-je trouver le sommeil sans un véritable maître à proximité ?... Laisser la tour à un apprenti, c'était une grande responsabilité, ou bien une folie !

Je compris pourquoi mon maître qui n'en savait guère au sujet des druides m'avait d'abord appris à m'en méfier.

— Quels sont vos pouvoirs ? demanda le roi.

La druidesse écarta une mèche de cheveux qui tombait sur son épaule droite, découvrant une souris blanche bien sage qui lui tenait lieu d'animal de compagnie.

À la vue du rongeur, la reine mère sursauta, avant d'agripper son fauteuil et se mordre les lèvres pour ne plus rien laisser paraître.

— Je fais parler les animaux, répondit calmement la vieille femme.

— Ah ! fit la jeune princesse en écarquillant les yeux d'émerveillement, elle qui avait tué l'ennui jusque-là au milieu de tous ces adultes en jouant avec une épingle à cheveux.

— Soit… continua le roi.

— Je ne vois pas ce que peut apporter de faire couiner une souris, interrogea la reine mère dans un sourire crispé.

— Il s'agit de tous les animaux, madame.

— Oui, de tous les animaux, même les chats… fit une petite voix à peine audible qui semblait provenir de la souris blanche, mais que du fait de ma proximité avec la candidate, je fus sans doute le seul à entendre.

La druidesse ferma les yeux, porta ses doigts fins à ses oreilles et les fit tournoyer en faisant claquer les phalanges avant de les poser sur ses lèvres. Elle répéta le processus à plusieurs reprises.

La table royale, quelque peu échaudée par les démonstrations précédentes, tenait à garder espoir et commençait à deviser :

— Comprenez, sire, souffla un conseiller demeuré dans l'ombre. En conversant avec les bêtes, nous pourrions disposer d'un réseau de renseignement formidable et ainsi déjouer les plans de nos ennemis…

— Mais aussi instruire nos chevaux, continua le capitaine de la garde, les motiver pour la bataille et leur donner le sens du sacrifice, tout comme nous le faisons avec nos hommes !

— Sur le conseil des animaux fouineurs, trouver des richesses nouvelles, des mines, des trésors qui sont sans utilité pour eux, auxquels ils ne prêtent pas la moindre attention, mais qui feraient tant de bien à nos coffres… ajouta le surintendant.

La druidesse ouvrit ses yeux devenus blancs comme la neige. Le sort était jeté. On hurla sur le bord de l'estrade.

— Maîtresse ! Maîtresse !…

L'assistance tourna la tête dans un même mouvement. Cette voix tonitruante, poussée à pleins poumons, était celle du chien de chasse qui se ruait sur la petite princesse pour lui lécher le visage.

— Maîtresse, on sort, hein ?… On sort d'ici, hein ?… Maintenant, hein ?

— Oh, fais attention Apollon, tu vas tacher ma robe !

— À la chasse, hein ?… On va à la chasse ?… Il y a de la viande, hein ?… C'est bon la viande… C'est bon, hein ?…

La princesse considérant son chien d'un regard nouveau fit une grimace de dégoût qu'on ne lui connaissait que lorsqu'il s'agissait de manger des épinards.

— Maaouu… qu'est-ce qu'il a à s'exciter ce grand nigaud, lâcha le chat échappé du grenier à grain. Moi qui venais juste de repérer une souris blanche bien dodue !

Les conseillers se regardaient, incrédules devant le sortilège. Ils s'agitaient, confrontaient leurs impressions.

— C'est quoi ce bazar ! cria une voix criarde depuis la charpente. Mes gosses venaient juste de s'endormir !... Mettez-la en sourdine !

Ceux qui avaient une bonne vue purent distinguer une hirondelle furibarde perchée au bord de son nid.

— J'ai faim !... J'ai faim !..., piaillaient en chœur ses deux oisillons.

— À la chasse, hein ?... Du sang et de la viande, hein ?...

— Maaouu, je ne l'aurai jamais cette souris !

— J'ai faim !… J'ai faim !…

Le vacarme était insupportable, il n'y en avait que pour les animaux.

— Suffit ! hurla la reine mère. Faites arrêter ce tapage !

Le roi et l'ensemble de la cour partageaient cette opinion. Alors la druidesse, jusque-là fort satisfaite de son effet, dut se résoudre à obéir et couper net le sortilège.

Les druides n'aiment pas recevoir des ordres, cela est bien connu. Elle partit comme elle était venue, caressant sa souris sur l'épaule, pour reprendre sa vie dans les bois. Elle y serait bien plus heureuse, me disais-je soulagé de n'avoir pas à cohabiter avec toute une ménagerie.

Nous étions rendus à la fin des auditions. Il revenait au roi en personne de choisir entre les postulants. Le rôle du premier enchanteur était d'importance et la qualité de celui ou celle qui en aurait la charge influerait de manière décisive sur son début de règne.

Aucune démonstration ne s'étant révélée suffisamment éclatante, le roi se pencha pour saisir le coffret sous le regard appuyé de sa mère. Il ferma le poing et posa précautionneusement la bague qu'il portait au majeur sur la serrure dorée. Comme par enchantement, et pour le coup c'en était un, le sceau de protection magique se dissipa aussitôt et il suffit au roi de glisser une petite clé pour ouvrir le coffret, le plus simplement du monde. Sous les regards réunis des nobles, conseillers et même des simples domestiques, il souleva le couvercle et retira le parchemin.

Sans attendre, il le déplia pour prendre connaissance de la recommandation laissée par mon vénéré maître.

La perplexité se lut sur son visage, et je savais pourquoi. Un nom était inscrit en lettres magiques, mais aucun prince ou monarque de ce monde ne savait lire les lettres de l'art et d'ailleurs je puis témoigner que l'apprentissage était des plus pénibles et d'aucune utilité pratique pour les communs comme les puissants.

Le roi se tourna alors vers moi, l'apprenti, et me tendit le précieux rouleau.

— Toi qui connais, dis-moi ce que signifient ces dessins mystérieux !

Bien que je m'attendais à ce moment, un frisson me parcourut l'échine. Je m'avançai, accomplis un respectueux fléchissement des genoux et pris le parchemin des mains du roi avant de le déplier à la vue de tous. Je reconnus l'écriture de mon maître, l'ampleur des arabesques, la nervosité du trait.

J'entrepris de le lire, en prenant soin de ne pas confondre les syllabes. Mon cœur palpitait jusque dans mon crâne. Le nom débutait bien par un « A », mais alors que je m'apprêtais à ouvrir la bouche, l'inattendu se produisit.

Je pivotai vers le trône royal, le parchemin grand ouvert au bout de mes bras.

Le roi écarquilla les yeux.

Pour la première fois, je pris la parole devant la cour rassemblée, pendue à mes lèvres.

— Sire, voyez, le nom a disparu…

— Que cela signifie-t-il ?

À cet instant, au beau milieu d'une enceinte aussi solennelle, j'aurais donné la moitié de ma triste bourse pour connaître quels étaient les desseins de mon maître ! Le vieux mage n'avait pas voulu me mettre dans la confidence et je l'imaginais au loin, dans ses montagnes perdues, se tordre et se retordre d'un rire plein d'aigreur et de sarcasme.

Mais on me pressait, moi, le petit apprenti. Qu'allais-je dire ?…

— Sire, le message de mon maître est clair comme de l'eau de roche…

Je marquai un temps d'arrêt à la manière de ces comédiens qui viennent chaque année à la belle saison égayer la place du marché. Il n'y avait plus un bruit. Même les animaux rendus à leur état naturel semblaient respecter ce silence. Alors, je repris :

— Le conseil du vieil enchanteur, en qui vous aviez toute confiance, sire…

— C'est exact, c'est exact… répondit le monarque en se tournant vers sa mère.

— Sa dernière recommandation est bien inscrite sur le parchemin… Tout entière !

— Je voudrais que l'on m'explique ! demanda la reine mère, toujours prompte à mettre en doute la parole de mon maître. Lequel de ces guignols pathétiques en tenue de carnaval qui viennent de défiler devant nous se trouvera-t-il désigné pour aider mon fils mieux que je ne pourrais le faire ?…

— Mère, contenez-vous, dit le roi. Reprenez, jeune thaumaturge, nous attendons vos lumières…

— Sire, de premier enchanteur il n'y aura point !

Sidérée par mes propos, la cour tressaillit comme si elle constituait un seul corps. J'en profitai pour reprendre mon souffle et ajouter :

— Pour mener les affaires du royaume, nul besoin de sortilèges pour masquer les vérités, tromper la foule. Pourquoi donc dresser un monde d'illusion qui tôt ou tard s'effondrera dans l'infamie sous le poids de son propre mensonge. Votre bienveillance, votre bonne foi, sauront vous guider vers la sagesse. Bâtissez un royaume de confiance, la félicité rejaillira sur vos enfants et sur l'ensemble de vos sujets…

Lorsque j'osai porter à nouveau les yeux sur le monarque, je le vis plein d'une fraîcheur nouvelle. Mon hypothèse faisait son chemin dans les esprits les plus rigides, attachés aux traditions séculaires.

Il n'y avait pas d'autre sujet à l'ordre du jour et l'assemblée se rompit sans que ne fut nommé de premier enchanteur.

Cette histoire remonte à bien longtemps, mais ce sont des souvenirs que j'aime à me remémorer.

À la suite de ce concours infructueux, je suis demeuré à mon poste, continuant d'étudier les arts magiques du mieux qu'il était possible tout en gardant le souvenir sans cesse plus reconnaissant de mon maître. Au fil du temps, je devins quelqu'un dans ce grand château et parvins même à amadouer la reine mère, plus curieuse que je ne le pensais de notre art et de tout moyen qui pouvait lui faire lutter contre les vicissitudes de l'âge.

Un matin, par une belle journée d'automne, m'échut le titre de premier enchanteur. Pour cela, je n'eus pas à participer à une de ces stupides épreuves, le choix s'étant porté sur ma personne de manière toute naturelle.

Je n'ai toujours pas pris la peine d'écrire à la guilde pour obtenir mon nom de mage. A vrai dire, cela ne sert pas à grand-chose. Sur recommandation, j'en ai été nommé membre d'honneur sans avoir à présenter les moindres travaux et malgré cela, je crois qu'ils me tiennent en haute estime.

Je dispose d'un apprenti désormais, une sacrée tête en l'air ! Il me rappelle mes jeunes années, l'ambition en moins peut-être.

Ah, mais j'y pense, je dois maintenant aller dans le grand donjon pour décrocher ce sacripant avant le repas du soir. Le roi nous attend !

Guère Epais

Gregory Covin

1

Tarak se tenait le dos bien droit, presque au garde-à-vous, le parchemin déplié entre ses doigts. Il soupira une nouvelle fois, sans oser poser les yeux sur son frère d'armes – et frère tout court – dont l'écho de la voix se répercutait autour de l'autel de pierre tout autant qu'à l'intérieur de son crâne. Une sorte de martèlement qui le faisait grimacer. Autour de lui, les gouttes suintant du plafond du temple creusé à-même la roche venaient pianoter une austère mélodie au cœur de la nef. A ses pieds gisaient ce qui restait de l'équipe d'assassins et autres voleurs qu'ils avaient embrigadée, ainsi que de l'homme dont la tête avait été mise à prix.

— Tu peux me relire la dernière partie, je te prie ? lança Ognor.

— Je ne crois pas que ce soit nécessaire, souffla Tarak.

— Mais si, au contraire, je veux être sûr d'avoir bien tout compris. Lis, petit frère, je t'écoute.

Tarak inspira une large goulée d'air, de la même façon qu'il avalait une rasade de mauvais vin quand il souhaitait se saouler.

— Par la présente, et pour obtenir la récompense susmentionnée, le roi Barbare devra nous être livré dans un état jugé acceptable afin d'être torturé en place publique. Puis écartelé.

— Qu'on se le dise, ils ont envie de jouer avec ! l'interrompit son frère. Mais n'y aurait-il pas comme un problème ?

— Ben oui, on l'a tué…

Ognor écarta les bras, l'air surpris.

— Mais c'est qu'on savait pas, qu'on l'a pas fait exprès ! Faut dire qu'on sait pas lire, nous autres péquenots d'andouilles ! Que j'ai fait confiance à mon frère, qu'on dit plus intelligent que la moyenne, même qu'il sait lire le jeunot. Ôte-moi d'un doute, est-ce que j'ai bien fait ?

— Si tu te rappelles bien, j'avais commencé à lire et quand j'ai annoncé la valeur de la récompense, tu m'as coupé la parole et…

— Et je te la coupe encore, parce tu ne serais pas en train de dire que ça serait de ma faute, des fois ?

Tarak haussa des épaules. Tout cela n'avait plus trop d'importance, de toute façon. Il se tourna vers l'effigie que vénérait le roi Barbare, le dieu Chrome, seigneur et maître de l'acier poli dont était composée son arme. Un glaive que l'on disait sort-scellé.

— Mais s'il n'y avait que la parole qu'on allait nous couper, frérot, reprit Ognor, je n'en ferais pas toute une histoire. Tu sais combien ça m'a couté d'engager les gars de la Guilde des assassins ? Non, ne réponds pas, je n'attends pas de réponse. Mais sans la récompense, nous voilà avec des dettes aux fesses et ça sent pas bon, pire que de la merde collée au cul !

Il se passa la main sur le visage, étalant le sang qui s'y trouvait disséminé en une myriade de points rubiconds.

— Et tu veux savoir ce qui me tue vraiment, dans tout ça ? C'est qu'on a réussi tout ce que les autres avant nous ne sont jamais parvenus à faire. On a vaincu le Barbare. Mais on l'a trop bien vaincu !

— On a qu'à dire qu'on l'a pas tué alors… grogna Tarak.

— Mais tu as bu avant de venir ou quoi ? Tu comprends que le rouge au sol c'est le sang du massacre qu'on vient de causer et pas du jus de raisin ?

Tarak haussa une fois de plus les épaules.

— On a le glaive du Barbare, fit-il. On a sa tête. Moi je trouve que tu lui ressembles un peu. En tout cas, qu'il ne faudrait pas grand-chose pour que tu lui ressembles encore un peu plus. Si on mettait ses cheveux sur les tiens, par exemple.

— Il est plus grand. Plus costaud aussi, répondit Ognor.

— Il est surtout très mort. Même en la jouant mal, tu feras toujours plus vivant que lui. Et puis, personne ne l'a jamais vu. Du moins, ceux qui lui ont cherché des poux ne sont plus là pour en parler.

Ognor observa longuement la dépouille étalée au sol puis leva les yeux vers son frère.

— Tu veux que je devienne le roi Barbare ? résuma-t-il.

— C'est tout ce qu'il nous reste à faire, non ? Je t'amène au tas de boue qu'est la cité de Mjorn, je récupère la récompense, puis te fais évader avant qu'on t'exécute.

Son grand frère s'agenouilla auprès du barbare auquel on contait mille et une victoires plus invraisemblables les unes que les autres. Il lui releva la tête et, à l'aide d'une dague, le scalpa proprement. Il renifla alors bruyamment en faisant la moue, donna la sensation d'hésiter, puis enfila cette coiffe ensanglantée sur son crâne tout en se relevant.

— Je ressemble à quoi ? demanda-t-il.

— Naturellement, là, tu as tout ce sang qui te dégouline sur la figure, mais ça ne te donne qu'un air plus sauvage et naturel.

— Tu crois que ça peut marcher ? Je fais deux têtes de moins que lui, quand même. Et puis, tu as vu sa musculature ? J'ai l'air d'un rat crevé à côté !

— Il n'y aura que nous au courant de la supercherie. Je t'assure, c'est une idée à laquelle nul ne penserait !

— Par la Tour de l'éléphant, si c'est là un moyen d'éviter de se faire trucider par la Guilde des assassins et d'emporter la prime par la même occasion, je veux bien le tenter ! rugit alors Ognor.

Et il se mit à danser, à tourner sur lui-même. Tarak applaudit, prenant le rythme de cette danse improvisée – jusqu'à taper du pied en cadence. Ognor soulevait sa nouvelle chevelure comme un chapeau, saluant des damoiselles invisibles qu'il invitait à le rejoindre, et il tournoyait ainsi, se dandinant, bras-dessus bras-dessous, autour des cadavres.

— Faisons-nous écarteler au lieu d'être torturés par des assassins vils et cruels, c'est tellement plus original ! Et puis j'aurai toute une foule pour m'encourager et m'acclamer, la douleur passe toujours mieux quand elle est partagée, lança-t-il avant de s'immobiliser devant son frère et de lui lancer sa coiffe au visage.

Tarak applaudit encore une paire de fois, avant de comprendre que son aîné se moquait de lui.

— Mais c'est que tu y as cru, en plus ! lança celui-ci. Tu ne te rends même pas compte quand je me fous de ta goule et tu voudrais que l'on suive l'une de tes stratégies à deux sous ? Avec toi, pas de torture, pas d'écartèlement, tu veux juste me faire mourir de rire, c'est ça ?

— Si tu as mieux à proposer, je suis preneur, fit Tarak. Après tout, c'est juste nos vies que je te propose de sauver. Tu te doutes que d'autres sbires de la Guilde nous attendent à la sortie ?

Ognor ouvrit la bouche avant de plisser le front, en proie à une intense réflexion. Puis il se saisit de la tignasse ensanglantée et l'enfonça cette fois fermement sur son crâne.

2

Mjorn était véritablement un tas de boue. Il devait y avoir une intelligence dans ce semblant d'architecture, mais elle manquait de connaissances en mathématiques et tout avait dû s'écrouler un beau matin comme un misérable château de cartes. Alors les hommes avaient creusé, composant une fourmilière de troglodytes et de conduits d'aération qui s'enfonçaient à-même la terre pour s'élever çà et là. Aussi primitive soit-elle, la cité en devenir était un jalon de plus sur l'essor de l'humanité face aux entités diverses et variées qui cherchaient elles-aussi à diriger ce petit monde. On parlait de demi-dieux, de choses marines et Chtoniennes, et parfois même de Reptiliens. Mais il était généralement difficile de faire le tri entre les contes et légendes inventés par de sinistres inconnus en provenance de civilisations souvent disparues, et les récits vécus par d'autres types tout aussi anonymes qui en avaient peut-être rajouté des tonnes après quelques verres de trop.

Tarak soupira et sentit le regard en biais d'Ognor se poser sur lui. Le sang émanant de son épaisse chevelure avait fini par sécher et lui donnait un aire de doux dingue, avec toutes ces mèches collées sur sa face jusqu'à l'empêcher de voir distinctement ce qui se passait autour de lui. Il clignait régulièrement des yeux, plus gêné qu'autre chose par les croûtes de sang qui lui entoilaient les paupières que par une absolue nécessité d'attirer l'attention de son frère. Mais Tarak ne pouvait s'empêcher de persister un instant à attendre un message ou un conseil de sa part, avant de comprendre qu'il s'agissait toujours de ce fichu tic. Il se détourna ainsi vers la silhouette encapuchonnée qui faisait route en leur compagnie depuis leur sortie du temple.

— Vous en êtes venus à bout ? avait annoncé non sans surprise la femme encadrée d'une escorte d'assassins qui se mêlait aux ombres.

— Mais au prix de nombreuses vies. Mon frère… avait soufflé Tarak.

— Cela est regrettable, mais avoir survécu à une rencontre avec le Barbare est déjà prodigieux. Nous nous attendions à de fortes pertes, voire même à un cuisant échec. Par contre, dit-elle en auscultant le prisonnier, je le trouve guère épais.

Le jeune frère avait souri à l'étrangère, préférant ne pas répondre. Le visage de cette dernière était moulé dans les méandres obscurs de son capuchon, ne laissant entrevoir que l'éclat de ses yeux éclairés par la torche qu'elle tenait en main. Puis les traits de Tarak s'étaient tordus en une grimace de dégoût au souvenir d'Ognor revêtant les habits du Barbare après avoir revêtu la dépouille des siens, et ce avant de perforer son crâne pour que nul ne comprenne le subterfuge.

— On amène le Barbare au roi de ce bled, on récupère la récompense, vous prenez votre part et adieu Berthe, énonça-t-il, émergeant enfin de ses souvenirs. C'est bien ça ?

— Comme il en a été convenu, répondit la représentante de la Guilde.

61

— Eh bien, cela nous va ! lança Tarak en acquiesçant tout en tournant la tête vers son grand frère.

Il attendit un assentiment de sa part – par habitude – avant de se mordre les lèvres et de faire mine d'observer son environnement puis le reste de la troupe.

— Hein les gars, que ça nous va ! lâcha-t-il à l'adresse des assassins qui l'entouraient. On fait ce qui a été convenu, parce que c'est comme ça qu'il faut faire, tout simplement !

L'une des montures hennit dans les secondes qui suivirent, brisant le silence qui s'instaurait, et il dressa un doigt en l'air, qu'il secoua vigoureusement.

— Exactement, à cheval sur les principes, c'est ce que je dis toujours !

Tarak se retourna et regarda alors platement le paysage qui lui faisait face, en sentant une trainée de sueur couler entre ses omoplates, longer sa colonne vertébrale et atteindre l'arrête de ses fesses.

Toute cette histoire se compliquait un peu plus au fil des heures, au point que les idées – plutôt claires – qu'il avait préalablement en tête, avaient désormais tendance devenir un rien floues. A croire que la malédiction du scalp du Barbare s'étendait jusqu'à lui, et que ses paupières se voyaient elles aussi encroutées par le sang versé jusqu'à l'empêcher de voir venir les futurs problèmes. Ou, par mégarde, de les attirer à lui. Ne subsistaient, indéniablement et quoi qu'il survienne, que les courbes de la cheffe de la Guilde que Tarak parvenait à distinguer et apprécier sans efforts. Si ses épaules étaient couvertes d'une fine tunique cousue à-même le pelage d'un renard – sa gueule se refermant sur une large capuche –, le bas de son être exposait des cuisses fuselées parées de mollets adorablement musclés. Un entrelacs de lanières de cuir courait de ses seins jusqu'à ses hanches, enserrant sa silhouette comme un beau petit boudin rose et ferme. Plus encore, ses fesses, judicieusement exposées à tous les regards par une cape trop courte, exerçaient un étrange attrait érotique au rythme des soubresauts de sa monture ; leur peau se brisant comme une lame de fond sur le dos nu de la bête, ce qui conférait un sourire béat au faciès pourtant un rien constipé de Tarak par l'inquiétude qui lui tordait le ventre. Celui-ci gémissait d'ailleurs plus que de raison, obligeant son propriétaire à quelques profonds raclements de gorge pour en étouffer les supplications.

Il était dépassé par les évènements, et ce n'était rien de le dire quand ils parvinrent à destination. Mjorn était plus grand que tous les villages qu'il avait visités jusqu'à présent – même le terme de village était grandiloquent pour ce qui n'était rien d'autres que des tribus composées de quelques dizaines de petzouilles – et, désormais, Tarak se demandait comment il pouvait espérer faire évader son frère d'un territoire de cette envergure. Composée de cercles concentriques, la cité de Mjorn exposait des remparts de différentes envergures se refermant sur des sections qui, plus on se rapprochait du centre, exposaient les demeures des seigneurs marchands, maîtres brigands et sorciers de hauts rangs. Et toute une tripotée de soldats pour protéger tout ça. Il n'était pas encore entré dans la ville qu'il la visualisait comme un labyrinthe gigantesque et lui-même comme une petite souris bien incapable d'en sortir.

Il suivit ainsi l'étrangère en silence, dans un dédale de chemins de pierre maquillée de sable. Ici, aux abords de la cité, des zones de trocs s'établissaient pour quelques heures, le temps d'échanger des marchandises venant de tous horizons, des étalages de fruits aux esclaves à vendre, quand il ne s'agissait pas d'enceintes à l'intérieur desquelles tournaient en rond chevaux et autres bêtes sauvages. Ces dernières servaient aux jeux d'arène où l'on jetait voleurs et autres mauvais payeurs afin que leur mort rembourse, via des paris enfiévrés, les dettes qui étaient les leurs, et ce avec les intérêts. Tarak cilla en regardant les fauves et s'éventa de la main.

— Les braves bêtes ! chanta-t-il à l'adresse de son frère tout en lui faisant de gros yeux.

Ils pénétrèrent plus avant dans Mjorn, glissant sous des alcôves chargées de noirceur, suivant des torches suspendues le long des murs tissant çà et là des ombres mouvantes et parfois monstrueuses, quand ils ne s'infiltraient pas dans des poches d'humidité puant la pisse et la mort. Des rats fusaient de partout, pour disparaître soudain à l'intérieur d'un sol criblé de trous – laissant parfois penser qu'ils n'étaient rien d'autre qu'un mauvais présage.

Ils durent abandonner leurs montures en parvenant au cœur de la ville, la cheffe de la Guilde ordonnant à ses hommes de rester auprès des chevaux – ce qui arrangeait bien les affaires de Tarak. Ici, un curieux édifice s'élevait, tour gargantuesque s'ouvrant sur des couloirs étroits sertis de gardes et de statues difformes au garde-à-vous. Ses murs s'étiraient telles des racines, gagnant en volume au fur et à mesure que l'on s'y enfonçait. Pour qui chercherait à le conquérir, il fallait se faufiler un à un entre ses murs desquels, de par les fentes qui s'y dessinaient, devaient jaillir des lames tranchant dans le vif du sujet.

Il s'agissait là du palais du roi de Mjorn, taillé à-même une falaise antédiluvienne qui se dressait là comme le croc de quelque bête cosmique venue s'écraser sur Terre.

La servante de la Guilde vint se planter devant les gardes s'affichant à l'entrée de l'édifice et leur remit le parchemin exposant la prime. Comprenant qu'ils ne savaient pas lire, elle indiqua le dessin sommaire du Barbare qui y était représenté en plus des quelques lignes de texte, puis du doigt Ognor. L'un des soldats fit non de la tête, tandis que l'autre émit un rire.

— Ce n'est pas chose possible, on dirait un rat crevé, souffla ce dernier.

— Mais c'est gentil à vous de penser à venir nous divertir, dans notre travail on n'a pas trop l'occasion de passer le temps, annonça son comparse.

Puis le regard du premier accrocha l'arme sort-scellé que tenait Tarak, avec la délicatesse de celui qui tient dans ses bras un nouveau-né pour la toute première fois. Il reconnut le glaive du dieu Chrome et ouvrit de grands yeux hébétés. Avant de faire signe au trio de passer. Il fallut à Tarak quelques secondes pour réaliser que sa stratégie avait fonctionné et qu'il était possible, quand on mesurait moins d'un mètre soixante, de se faire passer pour le roi Barbare. Il poussa son frère devant lui avec un petit rictus de satisfaction.

— Il n'est guère épais, fit l'un des soldats tandis qu'Ognor se faufilait, minuscule, entre les deux gardes.

— Mais quelle tignasse ! lança l'autre.

Suivant toujours la jeune femme, toujours aussi hypnotisé par le déhanché de ses fesses, Tarak gravit un dédale de marches de différentes tailles, dont la montée s'avéra toutefois vite épuisante. Sculptées à-même la roche, elles tournoyaient au sein d'un gosier de sable solidifié. La chaleur prenait ici ses aises à l'intérieur de ces conduits étroits. De fines ouvertures le long des parois, fenêtres sur un monde désolé, expiraient des courants éoliens qui se révélaient de véritables langues brûlantes. Les dards du soleil découpaient ainsi leur progression de lames lumineuses chargées de poussière, tranchant presque à travers la peau.

— Je ne reconnais pas le paysage, dit Tarak, plus pour lui-même que pour être entendu alors qu'il glissait un regard par-delà les interstices encadrées de lumière. Il devrait y avoir une forêt au loin – celle devant laquelle nous sommes passés à notre arrivée –, un semblant de routes tracées par les allées et venues des caravanes. Suis-je le sujet d'une insolation ? Même les contours de la cité, en contrebas, sont invisibles !

— Le maître des lieux est un adepte de la sorcellerie, annonça la femme sans se retourner. Notre esprit, en ces sphères, peut être dupé.

Tarak posa les yeux sur les petites fesses fermes qui dansaient devant lui, caressées par des doigts solaires. Son esprit était déjà mené par le bout du nez.

— N'as-tu pas encore réalisé que nous devrions déjà avoir atteint le sommet de cette falaise dans laquelle le palais a été édifié ? conclue-t-elle.

Effectivement, le jeune frère se rendit compte que leur progression s'élevait bien plus haut qu'elle ne le devrait. Ils avaient du franchir au moins deux fois la distance qui les séparait du pic rocheux, et Tarak se retint à la paroi, comme si le fait de constater cette évidence pouvait dès lors dissiper tout autant l'illusion bernant leurs sens que les murs qui les soutenaient.

— Alors où sommes-nous ? voulut-il savoir. Est-ce qu'on le sait, au moins ?

— Ailleurs et partout, répondit sobrement la représentante de la Guilde.

Deux autres gardes solidement armés les attendaient en haut des marches. Ils étaient parés d'une armure composée d'os, bien que certaines jointures donnaient l'impression d'être leur propre chair à vif. Tarak fit la grimace et se concentra sur la silhouette installée sur un trône tout en démesure, au centre de la salle. Cette dernière, sphérique, s'élevait vers un plafond laissant entrevoir une nuit chargée d'étoiles. Tarak crut qu'il s'agissait d'une vaste et élégante tapisserie, ou d'une peinture incroyablement réaliste, avant d'entrevoir des nuages glisser au-dessus de sa tête. Un frisson d'effroi le parcourut en constatant que le temps, autant que l'espace, étaient affiliés à d'autres règles, en ces lieux.

Il se força bêtement à sourire en détachant les yeux de cette voie lactée qui aurait, sans doute, laissée sans voix le plus connaisseur des astronomes tant son observation ne menait à rien. S'y partageaient des constellations ne correspondaient pas à celles qu'il avait pour habitude d'admirer – il lui arrivait de suivre avec ferveur les étoiles filantes pour soumettre aux dieux des vœux, bien que raisonnables, qui avaient toutefois tendance à se cumuler au gré de ses affaires qui se terminaient, disons, d'une manière qui n'avait pas été anticipée de cette façon –, jusqu'à finir par connaître en détail l'emplacement de la plupart des astres vissée à la voûte céleste. Ainsi, Tarak tenta de faire mine de ne pas avoir entraperçu cet amas d'étoiles se mouvant à leur approche ; plus encore de se convaincre qu'il ne s'agissait pas d'une entité cosmique roulant dans les ténèbres du cosmos comme venait de lui soumettre son esprit – celui-là alors, il fallait toujours qu'il donne son avis ! Il avait entendu parler de sorciers qui, pour atteindre un nouveau palier de magie, se devaient de s'associer à des êtres innommables jusqu'à parfois monnayer leur âme ; ou que leurs pouvoirs étaient tels qu'ils emprisonnaient dans notre réalité des choses qui n'avaient rien à y faire afin de cumuler leur puissance à la leur. L'un comme l'autre n'était en rien des pensées encourageantes.

Des tables de plus de dix mètres de long – dont il s'interrogeait sur la manière dont elles avaient été embarquées jusqu'ici étant donné la largeur plus que restreinte des escaliers – s'étiraient pour exposer des mets de choix, toutes sortes de vins et des fioles aux parfums intrigants auprès de cartes de régions inconnues. Cela ressemblait à un banquet tout autant qu'à la préparation d'une bataille à venir. Les murs étaient recouverts de draperies flamboyantes, où s'affichaient des glaives aux lames courbes ou se scindant en deux dents tranchantes semblables à des hameçons. Des armures perforées d'ennemis du royaume, ou encore des casques fendus, trônaient en hauteur, pareils à des tableaux de maîtres. Tarak n'avait jamais rien vu de tel, mais le roi de Mjorn était entouré d'un cortège de bizarreries plus impressionnant encore.

Autour de lui s'étalaient ainsi des têtes tranchées, des bras sectionnés, des bustes épurés de la moindre goutte de sang. Des esclaves s'activaient à transformer les tendons et les muscles des cadavres suspendus dans cette partie de la pièce par des fils et des cordages. Ils reliaient entre eux ces innombrables filaments comme on assemble les cordelettes d'un pantin de bois.

Tarak se tourna vers son frère. Tous deux se firent de grands yeux. Il ne s'agissait pas ici d'une salle du trône mais plutôt d'une sorte de laboratoire. Le repaire de tout bon sorcier. En retrait derrière la fille de la Guilde, le ventre du jeune voleur recommença à gémir, et Tarak serra des fesses pour ne pas lâcher un pet sonore quand le roi leva enfin les yeux vers le trio.

— Que m'avez-vous ramené de beau ? lança le seigneur des lieux en s'approchant tout en se frottant les mains qui se devaient d'être poudrées pour être blanches à ce point.

Il observa le prisonnier, entamant une ronde autour de lui parsemée de courtes pauses et de profonds raclements de gorge parsemés de « tiens, tiens » et de « surprenant ! » qui, à chacun d'eux, donnaient des suées à Tarak.

— Le monde est rempli d'idiots, et c'est encore plus le cas dans l'armée, vous le savez, ça ? fit soudain le roi en se tournant vers eux.

Tarak acquiesça vigoureusement, attendant que le seigneur de Mjorn continue sa phrase avant de se demander, devant le silence qui s'appesantissait, s'il devait y répondre quelque chose.

— Et quand on est roi, on en a une très grosse.

Tarak grimaça un sourire tandis que l'homme l'observait droit dans les yeux.

— D'armée ! rugit-il.

Tarak fit oui de la tête, non sans exprimer un certain soulagement.

— Mais vous m'avez ramené le Barbare, et j'en salue le succès même si je m'attendais à trouver un colosse plus colossal que cela. Mais pour ce que je veux en faire, cela n'a guère d'importance. Bien sûr, on va l'écarteler, la foule sera contente, ça fera des histoires à raconter au souper. Puis on va rafistoler tout ça et en faire quelque chose de bien plus utile. Connaissez-vous le sortilège « haie, poux, vent, aïe » qui consiste à associer, dans l'ordre, divers éléments pour transformer quelque chose d'inerte en un corps beau, indestructible, et totalement à votre service ? Ça, c'est du corps d'armée !

L'évasion d'Ognor semblait cette fois vraiment très mal engagée. Le voleur se racla la gorge. Il avait la sensation d'étouffer, entouré de tous ces cadavres. Les pourtours de la salle se perdaient derrière des rideaux derrière lesquelles des corps supplémentaires semblaient attendre qu'on s'occupe d'eux, quand le tissu qui les recouvrait ne tremblait pas, par intermittence, animé par quelque insoutenable expiration.

Le roi se mit alors à applaudir.

— Et vous m'avez ramené son glaive, fort bien ! On dit que pour lever le sort-scellé, il faut que ce soit le Barbare ou un membre de sa lignée qui l'ait en main. Parce qu'il vous faut comprendre qu'une fois empaillé, animé et tout le toutim, je vais avoir mon Barbare à moi qui va m'obéir au doit et à l'œil. Vous ne trouvez pas ça génial ? J'ai déjà mon Elric qui fout le boxon dans les terres d'à côté, et j'en suis fort aise. L'albinos qu'on l'appel ! Bien sûr, bande de couillons, puisqu'il n'a plus une seule goutte de sang dans la marmite !

Puis le roi leva une main devant son auditoire, lui intimant le silence comme si celui-ci avait eu l'idée de l'interrompre.

— Toutefois, comme tout bon professionnel, vous devez comprendre qu'il me faut m'assurer de la validité de la marchandise avant de faire affaire. J'ai pour cela ramené de mes voyages une entité qui va pouvoir nous dire très précisément s'il y a anguille sous roche.

Le roi fit claquer ses doigts et un rideau parmi tant d'autres s'ouvrit, dévoilant une créature serpentine de grande taille qui fit reculer les nouveaux-venus.

— Un élémentaire ! cracha la fille de la Guilde.

— Cela se prononce ilélaidmentire, la corrigea le souverain.

Tarak avait déjà entendu parler de ces êtres. Mi-homme mi-serpent, leur regard hypnotique lisait en vous comme dans un livre.

— Peux-tu m'assurer qu'il s'agit bien du Barbare ? requerra le roi à sa créature.

Le monstre mesurait plus de deux mètres cinquante. Sa queue vibrait, se dressait, tandis que son visage, plat comme une crêpe, tournoyait lentement ; telle une clé ouvrant un à un les tiroirs menant à leur psychisme et aux aveux qui s'y logeaient. Et, véritablement comme s'ils n'étaient que des coffres-forts dont la combinaison exigeait un certain doigté, l'être glissa de l'un à l'autre, sondant, écoutant, fixant leur faciès comme si leur inexpressivité révélait la plus profonde des vérités. Ognor chercha à montrer des dents en observant le vide devant lui, imaginant mille combats épiques qu'il avait rêvé un jour de mener, tandis que la chose l'auscultait ; avant de sentir les muscles de ses joues le lâcher et percevoir ses lèvres trembler. Son œil gauche se referma sous l'effort puis se mit à cligner de plus en plus violemment.

— On te ment, roi de Mjorn, souffla alors l'entité. Aucun d'entre eux n'est ce qu'il prétend être.

— Et merde ! lança Ognor, avant d'ajouter : aucun, vraiment ?

Déjà la fille de la Guilde s'élançait. Cambrée, s'envolant avec grâce vers sa première proie, elle délogea les deux épées courtes se croisant entre ses omoplates et fondit sur la créature. Ognor, quant à lui, partit dans le sens inverse. Il se retrouva rapidement nez à nez devant les deux gardes à l'entrée de la salle et s'élança de nouveau dans l'autre sens.

— J'ai les mains liées, bordel ! lança-t-il à l'adresse de son frère.

— Ouais, c'est encore moi qui fais tout, quoi ! hurla Tarak.

Il évita de justesse la queue du monstre, dressant l'épée du Barbare devant lui en guise de bouclier. Mais c'était le roi sorcier que le voleur gardait à l'œil. Le seigneur de Mjorn fouillait dans l'une de ses poches et jetait sur l'un des morts suspendus à ses côtés ce qui se révélait sans doute comme divers ingrédients de magie, composés de racines, de bulbes et de graines.

— Et une herbe qui n'en est pas, et la formule sera complète !

De la pointe d'une lame, il se coupa le bout du doigt.

— Aïe ! lança-t-il, un instant avant qu'un cadavre ne s'anime devant lui.

— Sorcellerie, saloperie ! aboya Tarak en constatant la prise rapide du cadavre.

L'entité reptilienne se montrait quant à elle d'une agilité redoutable et d'une vitesse plus étonnante encore. Elle évita les deux lames de leur nouvelle alliée, saisissant la fille de la guilde à la gorge avant de la projeter au loin. Tarak en profita pour fondre sur l'épouvantail nouvellement créé, l'épée au-dessus de sa tête. Mais il n'avait jamais été bucheron, dans cette vie ou dans une autre, et sa tentative de le fendre en deux comme s'il s'agissait d'un malheureux tronc d'arbre se révéla un cuisant échec. L'entité le gifla, et le jeune frère eut la sensation de tourner deux fois sur lui-même, avant que la rencontre avec un mur lui fasse réaliser que son corps s'était soudain immobilisé.

— Putain, je déguste ! cracha-t-il, accompagnant ce bilan de début d'affrontement d'une dent ensanglantée.

— Quelqu'un pour me détacher ? hurla Ognor en glissant auprès de lui, courant comme un beau diable tandis que les deux gardes le poursuivaient.

Tarak cligna des yeux et constata que la fille s'était relevée. Et repartait à l'assaut.

Autour d'eux, d'autres défunts s'animaient. Combien de feuilles tirées de haies et d'assortiment de poux le sorcier pouvait-il engranger dans ses poches ? D'autant que les morts retrouvaient rapidement leurs anciens réflexes. L'un d'eux se saisit d'une lance accrochée le long du mur et visa la servante de la Guilde. L'épaule gauche de la jeune femme partit sur le côté, suivie d'une gerbe de sang. Elle poussa un cri de douleur et de colère.

— Je vais te tuer ! grogna Tarak à l'adresse du sorcier, tout en se remettant debout.

— Tu n'as pas idée de qui je suis, imbécile ! rétorqua le roi. Les dieux m'ont offert l'accès à un savoir qui va me rendre maître de ces terres. Bientôt, tu feras partie de ma réserve personnelle de cadavres, et vu ta tronche de benêt, tu feras un épouvantail si épouvantable que je te planterai dans un champ pour faire fuir les débiles !

Tarak hurla.

— Le pire, c'est que ce n'est pas une mauvaise idée ! rugit ce dernier. Si mon fermier de père l'avait eue, on aurait peut-être eu de meilleures récoltes !

Le sorcier balança son melting-pot d'ingrédients sur une autre dépouille, non sans effectuer de théâtraux gestes aussi amples qu'inutiles, à moins qu'il ne s'agisse d'une danse mystique. A ce rythme, une armée de morts allaient bientôt s'élever dans le laboratoire et rendre le combat non seulement perdu d'avance mais totalement illisible.

Puis les yeux du roi louchèrent vers sa main qu'il piquait avec régularité pour apporter la composante aïe de sa recette. Celle-ci venait de s'envoler de son poignet. Elle tournoya devant lui, objet volant qu'il mit une bonne seconde à identifier, suivie d'une trainée de sang qui se dispersait comme un essaim de grosses mouches. Tarak poussa un beuglement de joie tandis que sa lame terminait son arc de cercle.

— Depuis que le temps que je rêvais de te couper la parole ou quoi que ce soit d'autre, foutu mystique ! jubila le voleur.

— A moi ! lança alors le souverain tout en serrant son moignon contre son ventre.

Ses gardes, abandonnant leur proie bondissante que représentait Ognor, se focalisèrent sur le deuxième frère, coulant vers lui comme une vague tempétueuse. Tarak recula, rapidement pris en tenaille.

Il n'était pas assez bon combattant pour affronter deux adversaires de cette envergure – même sans la moindre envergure, d'ailleurs – et le savait pertinemment. Pourtant ce qu'il s'apprêtait à faire était plus fou encore que ce qu'il aurait pu imaginer.

A quelques mètres de lui, la fille de la Guilde ne cessait de perdre du terrain, se défendant uniquement puisqu'incapable désormais de repartir à l'assaut. Son bras gauche pendait misérablement, enduit d'un sang qui continuait à se déverser de sa blessure. Leurs regards se croisèrent alors et il la vit lâcher son épée pour lever sa main valide vers le ciel.

— Le glaive du Barbare ! lança-t-elle. Envoie-le-moi ! C'est notre dernière chance !

Il fit non de la tête. Non mais elle est pas folle celle-là ? pensa-t-il.

Avant de voir l'entité reptilienne se précipiter vers elle et, sans réfléchir, obéir à sa demande.

Fallait-il qu'il soit tombé amoureux pour agir de la sorte ? Cette pensée l'effleura avant que ses sens se focalisent sur ce qui survenait, mémorisant la scène avec un luxe de détails, comme si le temps lui-même glissait au ralenti. Il observa les deux gardes lever la tête vers l'arme blanche filant au-dessus de leur tête, puis le regarder sans comprendre, tandis qu'il se tenait devant eux, les bras ballants. Derrière lui, son frère s'était arrêté de courir et suivait, la mâchoire décrochée, le glaive fendre l'air.

— Mais qu'il est con ! l'entendit-il prononcer.

La jeune femme saisit l'épée au vol. Tarak ne comprit pas immédiatement ce qui survint. Il la vit simplement se baisser, rouler sur le côté pour éviter la queue du serpent, celle-ci fouettant l'air et éventrant le sol dans un déluge de pierres. Perdant le haut de sa tunique, révélant une chevelure de feu, la fille de la Guilde donna l'impression de danser. Un chant s'éleva – un vent venu de nulle part se déployant autour de la lame pour laisser entendre un sifflement qui prit rapidement de l'ampleur. Jusqu'à se changer en tempête.

— Elle a enlevé le sort-scellé de l'arme du Barbare, murmura le sorcier. Impossible, à moins…

La bête reptilienne recula, prise de court. Avant de chercher à frapper une nouvelle fois et hurler quand sa queue fut tranchée net. Un sang vert presque noir fusa de sa blessure, mais déjà la guerrière s'attaquait aux hauteurs de la salle du trône. D'un mouvement du bras, elle donna l'impression de pourfendre la nuit qui s'étendait au-dessus d'elle. Percutés par une langue éolienne, les sommets de la salle ployèrent avant d'exploser, aspirés par ce qui avait l'apparence d'une tornade. La seconde suivante, les plafonds s'écrasaient sur les dépouilles revenues à la vie, emmurant vivant le sorcier et ses zombies.

— On fout le camp ! cria alors la jeune femme en poussant Tarak devant elle. Il ne restera bientôt plus rien de cet endroit.

Ognor se remit à courir, et ils s'enfournèrent dans les escaliers.

3

Le temple était plongé dans les ténèbres. Quelques arceaux baignés de flammes ondoyantes crevaient l'obscurité, conférant au lieu une ambiance tellurique. Tarak crut discerner une statue imposante avant que celle-ci ne s'anime et qu'il réalise qu'il s'agissait en réalité d'un être humain.

— Père, fit la femme à la crinière rousse en s'inclinant devant lui.

— Ainsi voici ceux qui t'ont aidée dans ta quête et ont permis d'occire le roi sorcier.

Il réalisa que le Barbare était devant lui, Tarak sentit ses jambes flageoler et serra des fesses comme jamais. Avant que son ventre n'entame des gargarismes dignes de relents les plus véhéments après une journée passée à la foire à la saucisse.

— M'aider est un bien grand mot, dit sa fille. L'un m'a tenu l'épée de celui qui se faisait passer pour toi depuis quelques semaines, et que j'escomptais capturer depuis que j'avais infiltré la Guilde. Avant que nos deux lascars le tuent, réalisent qu'ils devaient en fait le capturer et décident finalement de se faire passer pour lui. L'un avait toutefois la rage de se battre et plus encore la chance de survivre. Et l'autre a passé son temps les mains attachées.

— Je vois, fit le Barbare.

70

— Nous ne sommes personne, mon seigneur, miaula Tarak. Au mieux des admirateurs discrets.

— Personne ? Mais je sais très exactement qui vous êtes !

L'un après l'autre, le Barbare posa une main sur les frêles épaules des deux frères.

— Vous êtes Guerre et Paix !

Et le roi Barbare de partir d'un grand rire.